Fadi Zaghmout

L'Épouse d'Amman

ROMAN TRADUIT DE L'ARABE (JORDANIE)
PAR DAVIDE KNECHT ASSISTÉ DE THOMAS SCOLARI

L'ASIATHÈQUE
2026

Composition et mise en pages : Jean-Marc Eldin.
Image de couverture : fresque « We are one » (Nous ne faisons qu'un) réalisée en centre-ville d'Amman (Jordanie) par AKUT dans le cadre de l'association aptART (Awareness & Prevention Through Art).
Titre original : *'Arous 'Amman* (عروس عمّان), Jabal 'Amman Nashiroun (جبل عمّان ناشرون), © Fadi Zaghmout (فادي زغموت) 2012.

L'Asiathèque, 1, rue Deguerry, 75011 Paris.
ISBN : 978-2-36057-257-1

www.asiatheque.com
info@asiatheque.com

CHAPITRE PREMIER

Leila

Un roi pour une reine

Quelle drôle de journée ! Un torrent d'émotions m'a fait passer du rire aux larmes. La joie et la fierté ont laissé la place à un sentiment de vide et de désespoir. Après ces longues heures de réjouissances, je me suis effondrée sur mon lit, le corps épuisé et la tête noyée dans un tourbillon de pensées. J'essaie de comprendre les règles qui régissent mon existence et mon monde. La vie est un paradoxe. Comme deux frères, pleurs et sourires ne ratent pas une occasion de se courir après malgré leurs chamailleries. Souvent pour finir réconciliés sur un seul visage.

Je me suis levée tôt ce matin, après une nuit où je n'ai pas fermé l'œil une seule seconde. Toutes mes pensées se concentrent sur ce bout de papier, clé de mon avenir — du moins, c'est ce que je crois. Tout se révélera à travers ce petit bulletin, fruit de la sueur de quatre années d'études et d'interminables nuits blanches devant des calculs comptables, résultat des rêves d'excellence et de l'ambition qui m'animent depuis mon enfance.

Et puis il y a eu Louay, mon camarade d'études, dont la concurrence m'a angoissée autant qu'elle m'a motivée. Car c'est un garçon, et c'est ce qui a renforcé ma détermination. Ma lutte contre les discriminations sexistes a redoublé d'intensité le jour où il nous a rapporté la réaction de son père apprenant que je l'avais devancé le semestre précédent.

« Ça va pas, non ? Tu vas pas te faire battre par une fille ? »

Depuis, l'écho de ce sarcasme du père a résonné pour moi comme une alarme. Cela m'a stimulée. Il m'a fallu m'appliquer, exceller, « battre » Louay, son père et toute la gent masculine.

Oui, je suis une fille. Et s'il y a bien une phrase que j'espère entendre dans la bouche des autres, c'est : « Elle est excellente ! »

Ce matin, la fierté de voir mon nom bien en haut de la liste des résultats d'examen m'a même aidée à supporter le regard vaniteux de Lana. Elle agite la main, l'air faussement naturel, pour attirer mon attention sur la bague à son doigt. Je remarque bien le bijou mais je feins de l'ignorer. Elle recommence son manège une deuxième puis une troisième fois, un sourire forcé sur les lèvres tandis qu'elle me félicite pour ma mention.

De ce geste de la main, elle m'annonce avec vanité avoir réussi la seule épreuve qu'elle — comme beaucoup d'autres — considère comme primordiale : trouver un mari. Elle se met à ronronner sur l'épaule d'Omar, puis, perdant patience, elle me flanque la bague sous le nez.

« On est fiancés, Omar et moi ! »

Je suis obligée d'esquisser un sourire et de la congratuler. J'ouvre les bras et je l'étreins avec élan pour qu'elle ne voie pas mon expression.

Après plusieurs secondes qui me semblent des siècles, et avec un effort immense, j'articule quelques mots, d'un ton glacé : « Félicitations, ma chérie. »

J'ai rencontré Omar au début de mes études et il a été le premier garçon de ma vie. Je lui plaisais et il m'a fait la cour. Il m'attirait, mais les conventions m'ont retenue.

Il me manquait l'assurance nécessaire pour me confronter aux garçons en dehors de mon entourage. J'ai suivi ma scolarité dans une école de filles. Je viens d'une famille conservatrice qui condamne toute relation avant le mariage. Mes principes rigoristes n'ont pas tenu. J'ai succombé devant son insistance. J'ai commencé par accepter de le voir sous certaines conditions. Mes conditions à moi, mais qui ne laissaient aucune liberté à une histoire : pas de cadeaux, pas d'appels après les cours, pas de rencontres hors de la fac, pas de…, pas de…, pas de…

Il m'a fait tomber amoureuse de lui. Après trois mois, il m'a laissé choir. Tout ça, après m'avoir fait goûter à l'amour pour la première fois de ma vie. Mes conditions ne lui convenaient pas. Son intérêt pour moi s'est évanoui une fois mon cœur et mon âme conquis. Pourtant j'étais prête à trouver des compromis, à céder peut-être à certaines de ses attentes. Il ne m'en a pas laissé la chance. Quand il m'a annoncé sa décision de me quitter, j'ai essayé de cacher mes larmes sans y parvenir. Ma dignité m'empêchait dès lors toute réaction, question ou discussion.

« C'est vraiment ce que tu veux ? »

Il a opiné. J'ai baissé la tête et je suis partie sans un mot.

Lana a pu lui donner ce que je n'étais pas en mesure de lui offrir. Elle est différente. D'une autre communauté, c'est comme si elle venait d'un autre monde. Elle se croit émancipée. Pour nous, elle manque surtout de décence. Abusant de ses charmes, elle drague les garçons qui forcément lui tournent autour. Les filles, elles, l'évitent.

Beaucoup la trouvent jolie. Moi je ne vois pas sa beauté... Peut-être que son impertinence la rend laide à mes yeux. Ou peut-être aussi que ce n'est de ma part que de la jalousie ; la compétition ne se joue pas à armes égales.

Je ne suis pas la seule à voir les choses comme ça. Rana et Hayat partagent mon avis. On l'appelle Barbie, et on joue souvent à imiter ses gestes et ses manières. Souvent, on se retrouve toutes les trois à l'entrée de la fac. Moi j'observe Lana et Omar, Rana dévore Jantay des yeux tandis que le regard de Hayat se pose sur tous les autres garçons. On s'est même donné un petit nom : « les trigolottes ». L'université nous a réunies, notre détestation pour Lana nous a soudées. Dans notre groupe, Rana est la plus drôle et la plus audacieuse. Hayat est perspicace et discrète. Et moi, je suis la fille sérieuse et studieuse.

Un autre jour, une scène pareille m'aurait portée sur les nerfs. Mais ce matin, c'est différent. J'ai réussi mes examens avec une excellente mention. Je suis impatiente de l'annoncer à toute ma famille et de voir la fierté dans leurs yeux. Bien sûr, ma mère n'a jamais eu aucun doute sur ma réussite. Elle a invité à la fête ses amies, nos voisines et nos proches. Comme moi, elle s'est levée aux aurores.

Je passe la porte de la maison comme une mariée, sous les cris de joie des femmes, fière de moi et de ma réussite. Toutes se sont réunies pour célébrer mon succès. Ma mère me serre contre elle.

« Prochaine étape, le mariage ! », me dit-elle.

Elle relâche son étreinte. Je suis soudain engloutie par la poitrine de ma tante qui me glisse à l'oreille :

« Bientôt, tu auras ta maison ! »

Je regarde les femmes qui m'entourent. Leur brouhaha me bourdonne dans le crâne.

« *Ma cha'Allah,* tu es prête à te marier !

– *In cha'Allah,* tu vas la marier bientôt, qu'on puisse fêter ça !

– *In cha'Allah,* qu'elle soit aussi douée en cuisine ! »

Je jette un regard vers Salma, ma sœur aînée. Assise à côté de ma grand-mère, elle écoute les commentaires sans un mot.

Ma grand-mère ne dit rien non plus, jusqu'à ce que soudain elle marmonne en secouant la tête :

« Tu sais, je me suis mariée à quatorze ans, moi... On nous mariait jeunes à l'époque. Pas comme maintenant, *ya Allah ! In cha'Allah,* espérons que tu auras plus de chance que ta sœur. Fruit blet, à personne ne plaît. »

Le visage de Salma blêmit à ces paroles. Je la vois essayer de retenir ses larmes, sans succès. La honte la fait fuir dans notre chambre. J'aimerais la suivre pour tenter de la réconforter mais je suis arrêtée par de nouveaux cris de joie. Je demande autour de moi d'où vient ce raffut.

« Qu'est-ce qui se passe ? »

C'est Héba ma cousine qui répond :

« Je suis enceinte ! »

Un groupe de femmes se forme autour d'elle comme si c'était sa soirée. Soudain, ce n'est plus moi la reine de la fête. Et là, je comprends. *Il faut un roi pour faire une reine.* Mes certitudes commencent à vaciller. Toutes ces années perdues à étudier de toutes mes forces… J'ai cru au respect que me conférerait mon diplôme. Qu'il ferait de moi une personne accomplie et indépendante. Mais me voilà dans le monde réel. Ce petit bout de papier n'est qu'une étape vers l'objectif ultime : le mariage.

Salma

Trente ans !

Mon regard flotte autour du plafond de la chambre que Leila et moi partageons depuis notre enfance, puis mes yeux se posent sur ma sœur qui dort profondément. Toute gêne a disparu de son visage hâlé. Elle s'était coiffée exprès pour l'occasion mais une mèche de cheveux s'est échappée sur sa joue.

Avec un soupir, je me lève du lit et je m'approche. Je dépose un baiser sur son front en murmurant :

« Je suis désolée. »

Je me sens mal à l'aise, j'ai la gorge serrée. Les mots tranchants de ma grand-mère m'ont piquée au vif, balayant toutes mes défenses. Ils ont détruit la cuirasse que j'avais endossée pour ce jour. Je m'étais préparée aux questions habituelles sur ma situation fâcheuse, j'étais même prête à encaisser les provocations, mais les paroles de ma grand-mère ont été comme un poignard en plein cœur.

Une fois réfugiée entre les murs de notre chambre, je n'ai pu retenir mes larmes. Je m'en veux autant à moi-même qu'à elle pour la violence de ses propos. Je me blâme non seulement pour ma faiblesse, mais aussi pour mon égoïsme. Je n'aurais pas dû oublier que c'était la fête de Leila. Comment ai-je pu me morfondre dans mes problèmes et laisser cours à ma tristesse le jour où ma sœur envisage avec espoir son avenir ?

Pourtant je sais que la saillie de notre grand-mère l'a atteinte aussi. J'ai lu la lueur dans ses yeux. Ma sœur a pu voir soudain mon destin. Et dans l'esprit d'une si jeune femme, un tel scénario ne pouvait qu'être source d'angoisse.

« Fruit blet, à personne ne plaît. » Quel ignoble dicton ! Il me réduit à un fruit que personne n'a voulu goûter. Trop mûr maintenant.

Trente ans, quel âge haïssable ! Je le vois comme celui de la mort, une première mort pour une femme dans une société qui n'attend que de pouvoir l'affubler du titre de « 'Anis », vieille fille. Ce mot me fait frémir.

Le compte à rebours commence après la remise des diplômes, parfois même avant. Et toutes les femmes se lancent dans une course contre la montre vers cette ligne d'arrivée qu'est le mariage, chacune selon ses capacités. C'est un parcours darwinien qui sélectionne celles qui auront la chance de se caser. Le marathon peut durer des années. La voie se fait plus étroite à chaque seconde jusqu'à l'âge de trente ans, limite après laquelle les retardataires sont cataloguées comme des faillites sociales. Une engeance de deuxième catégorie confinée aux marges de la société.

Parfois j'essaie de feindre d'oublier cette vérité, d'ignorer cet âge fatidique. Pourtant, il y a toujours une personne pour me faire une piqûre de rappel. La dernière en date a été Mona, une très bonne amie. Elle a terminé sa course l'année passée, à l'âge de vingt-neuf ans. Elle n'a pas eu de scrupule à pousser devant moi un soupir de soulagement :

« *Ma cha'Allah, ma cha'Allah, ma cha'Allah !* Je me suis mariée avant trente ans ! »

Elle a lâché cette phrase avec orgueil, comme si le destin l'avait sauvée d'un avenir horrible. Elle sait pourtant qu'au seuil de mes trente ans je n'ai toujours pas trouvé de mari.

Jamais je n'ai été « digne d'être épousée ». Être une femme digne d'être épousée, pour la plupart des gens, c'est être la plus belle. Je fais semblant d'avoir confiance en moi et d'accepter mon physique. Je dissimule mon manque d'assurance par une personnalité aimable et forte. Mon manque d'attraits, je le compense par l'humour et la légèreté. Mais je suis si fragile intérieurement que mon cœur se brise chaque fois qu'on fait allusion à mon physique ou qu'on me compare à d'autres femmes. Pour me rassurer, je me répète que l'importance que les femmes portent à leur apparence est vaine et puérile. Je suis même la première à me moquer de leurs manières.

C'est moi qui ai lancé le surnom de « Barbie » pour la compagne de fac de Leila. Bien sûr, ma sœur a éclaté de rire, et, depuis, à chaque rencontre des trigolottes, elles me supplient d'imiter Lana. J'applique un rouge très vif sur mes lèvres et aussi sur mes joues, j'entrouvre ma chemise pour dévoiler la naissance des seins, je penche la tête et je tords la bouche. Leila, Rana et Hayat explosent de rire. Je parade devant elles de façon outrageusement niaise, avec une voix mielleuse et un regard de biche.

« Omaaaaaar, tu m'aimes ? »

Rana, qui tient le rôle d'Omar, hoche la tête pour toute réponse. Je joue avec une mèche de cheveux que je me glisse dans la bouche. Je me fais plus aguicheuse encore, je me cambre jusqu'à tomber à la renverse sous les gloussements de l'assistance.

Je prends mon ordinateur et je m'assieds sur mon lit. Je jette un œil à la photo de mon neveu, je la prends et y dépose un bref baiser avant de la remettre en place. J'ouvre internet à la page de mon blog « la vieille fille jordanienne ».

Je l'ai commencé il y a un an. Sous pseudo. Je cherche à faire passer un message, à expliquer les difficultés que je traverse en tant que femme en Jordanie. Je veux dévoiler mes sentiments, mes peurs, mes rêves. Surtout ne pas cacher mon âge, celui où les exigences et les injonctions de la société redoublent. Je me demande souvent d'où vient cette obsession des Jordaniennes pour le mariage. Qu'est-ce qui nous pousse à nous comporter si bizarrement, la plupart du temps contre toute logique ?

Voilà longtemps que je cherche une réponse. Je pense à mon neveu Ali, ma petite fierté à moi. Mon frère Mohammad s'est marié à 25 ans, il y a deux ans. À peine un mois après son mariage, sa femme tombait déjà enceinte. Ali est arrivé neuf mois plus tard. Dès lors, il a été une source de bonheur pour toute la famille, et pour moi particulièrement. J'ai développé pour lui un attachement unique, une des rares choses de ma vie qui parvient à me rendre le sourire.

Ma tendresse pour Ali n'a pas occulté mon souci de l'avenir. Je m'aperçois que le temps fuit à toute vitesse, que mon heure est passée et que mon horloge biologique est sur le point de s'arrêter. *Est-ce que le destin m'offrira un jour la chance d'être mère ?* Cette question me hante.

J'ai commencé à écrire sur mon blog à ce sujet :

Plus je prends de l'âge, plus ma peur augmente.

Le temps file sans pitié, comme une locomotive sur le corps chétif d'un jeune enfant. Je souffre à chaque année qui passe. Mon anniversaire, j'évite même de le fêter. J'éteins mon téléphone, je me réfugie dans un coin de ma chambre. Je lutte contre mes angoisses en me construisant un monde imaginaire. Je me vois portant dans mes bras une petite fille que je prénomme Yasmine. Je la flaire pour m'imprégner de la douceur de son odeur. Je la serre sur mon cœur. Je ferme les yeux. Je fige dans mon imagination ces moments de joie indescriptible, qui dissipent la douleur de la réalité.

Pourquoi suis-je aussi obsédée par les enfants ?

Est-ce cette condition de femme que la vie m'impose ? La réponse aux attentes de la société qui me fait avoir ces pensées ? S'agit-il du besoin égoïste d'un être humain qui, par peur de la mort, cherche quelqu'un pour lui succéder avec les mêmes traits et les mêmes qualités ? Ou bien de la source généreuse qui jaillit du cœur d'une femme et qu'elle doit déverser autour d'elle, jouant ainsi son rôle pour que se perpétue le cycle de la vie ?

Je prends une grande respiration avant de continuer :

Qui dois-je blâmer sur cette terre si ma vie tout entière gravite autour de l'image d'un homme, qui de surcroît n'existe pas ?

Qui dois-je accuser ? Cendrillon ? Blanche-Neige ? Ou dois-je détester Shakespeare d'avoir gravé dans mon cœur l'exemple de Juliette avec son Roméo ? Ou bien Jamil avec sa passion sans espoir pour Bouthayna[1] *? Peut-être devrais-je plutôt couvrir de reproches la professeure qui m'a forcée à apprendre par cœur l'histoire d'amour de Qais et de Leila*[2].

---

1. Jamil ibn al-Ma'mar, poète arabe de la période Omeyyade qui écrivit des poèmes d'amour à sa bien-aimée Bouthayna.

2. Les personnages principaux de l'épopée arabe « Le fou de Laylâ ».

J'efface le dernier paragraphe et je clique sur la touche d'envoi. J'attends un moment. Je reviens à la page de mon blog. Je cherche le nombre de commentaires, espérant que quelqu'un l'ait lu et y ait répondu. Rien. J'ouvre ma boîte mail pour tuer le temps. Je la referme après quelques instants. Je me mets à nouveau sur mon blog. À l'onglet des commentaires, j'en trouve un, d'une certaine « Yasmine » :

J'ai tant rêvé d'une mère qui me serre contre son cœur et m'embrasse avec le même amour que tu décris pour l'enfant que tu n'as pas encore eu ! Je n'ai jamais connu ma mère. J'ai vécu toute mon enfance en m'imaginant son visage, son amour, sa douceur... Dans ma tête, l'image que j'avais d'elle changeait de jour en jour, mais jamais mon besoin de m'appuyer sur son épaule affectueuse ne m'a quittée. Après m'être mariée et être devenue mère à mon tour, je me gorge de l'odeur de mes enfants.

Si je pouvais remonter le temps, je me jetterais en courant dans tes bras, désespérée, pour sentir ta tendresse et ton affection, te chérissant comme la mère que je n'ai connue que dans mes rêves. Je me suis toujours demandé à quoi pensait ma mère. M'avait-elle oubliée ? Est-ce que je lui manquais ? M'avait-elle au moins vue et connue ? Ou bien se dessinait-elle mon image comme moi la sienne ? C'est aujourd'hui seulement que je reçois la réponse à ces questions. Comme si Dieu tout-puissant lui avait permis de m'envoyer un message à travers toi. Elle m'a toujours gardée dans ses bras, et s'est toujours imprégnée de mon parfum dans son monde à elle. C'est aujourd'hui seulement que mon cœur s'apaise. Et je t'en remercie, maman. Je t'aime tellement et j'attends avec impatience le jour de notre rencontre.

Mais pour toi, mon amie, j'espère que ta petite Yasmine à toi attend aussi avec impatience le jour où vous serez réunies. Je vous souhaite à vous, toi et ta petite fille, que ce jour soit proche.

Merci.

Yasmine

Quelle force dans ces mots ! L'espace d'un instant, j'ai l'impression que nous sommes comme un seul être, mère et fille que le destin aurait liées par une corde invisible jetée au hasard dans le flux du temps. Et je me demande s'il y a effectivement un lien caché qui nous unit. Est-il possible que, dans une autre vie, dans un autre temps, nous ayons vraiment été mère et fille ? Ou que nous le soyons dans une vie future ? Ou peut-être... Peut-être que le destin ravirait l'âme de Yasmine pour me l'offrir, la faisant renaître dans le corps de mon futur enfant.

Je secoue aussitôt la tête pour en chasser cette idée démente. Suis-je en train de devenir folle pour lâcher ainsi les rênes à mon imagination, même le temps d'un instant, jusqu'à souhaiter la mort d'un être humain ? Comment puis-je laisser des émotions aussi égoïstes s'infiltrer dans mon esprit sans réagir ?

Je suis prise de l'envie de fumer. Je me lève pour fermer la porte et ouvrir la fenêtre de ma chambre tout en cherchant dans mon sac mon paquet au milieu de mes affaires de maquillage. Je sors une cigarette que j'allume et j'aspire un grand coup. Je me tiens debout au bord de la fenêtre pour m'assurer que mon père n'entre pas à l'improviste. Mon regard glisse sur l'image du poumon noir imprimé sur le paquet.

« Fumer tue ».

Je regarde ailleurs. Je tire une longue bouffée, puis une autre, et une autre encore.

Ma cigarette terminée, je me recouche. Je cherche le sommeil sans le trouver. Mes pensées vagabondent entre les mots de Yasmine et les paroles de ma grand-mère. C'est là que je réalise que je ne trouverai jamais de mari. Une angoisse horrible s'empare de moi. Mon cœur se met à battre comme un fou, mon souffle se fait court.

Je ferme les yeux à nouveau pour évoquer Yasmine et la serrer contre moi. Des mains étranges se tendent pour me l'arracher. Elle crie tandis qu'on l'emmène loin de moi. Je me mets à hurler. Je m'oblige à ouvrir les yeux.

Je me lève pour allumer une autre cigarette. Puis une autre. Et une autre encore. Jusqu'au bout de la nuit.

Hayat

Un homme minable

Elle me vire vraiment de l'atelier ? Je ne comprends pas immédiatement les mots de ma cheffe. Elle les prononce de cette voix sèche et avec cette froideur auxquelles pourtant je m'étais habituée pendant ces derniers mois. Elle me regarde de la tête aux pieds et me lance d'un air supérieur :

« Ici, on n'emploie pas de filles faciles. La réputation de l'atelier dépend de celle de ses employées. »

Je lui crache au visage et je claque la porte. Tout mon corps tremble de fureur. Son insensibilité m'a mise en rage. J'ai été exploitée. L'angoisse de l'avenir qui ne m'a vraiment jamais quittée depuis mon enfance remonte à la surface.

Je me mets à courir dans les rues de Sweyfye[3] sous une pluie battante. J'avance comme un automate, insensible à tout. Mon misérable salaire s'est évanoui, tout comme mon rêve de poursuivre mes études. Plus moyen pour moi de payer les frais de scolarité.

Ces derniers mois, j'ai beaucoup encaissé. La patronne de l'atelier était glaciale, elle avait des manières de despote et nous traitait comme ses esclaves. Elle profitait de notre faiblesse et de notre besoin d'argent. Elle menaçait pour un rien de nous virer. Selon elles, des centaines d'autres filles seraient prêtes à faire le même travail pour un salaire bien plus bas.

Cette situation, nous avions appris à la supporter. Nous avions accepté de travailler après les heures légales, même pendant le week-end et les jours fériés. Nous avions accepté sans broncher de voir notre salaire baisser au moindre prétexte. Et tout ça par besoin d'argent, parce que nous ne pouvions pas trouver de meilleur job.

J'accélère le pas, essayant d'écarter de mon esprit le visage grimaçant de mon père. Il me hurle déjà dessus en souriant avec mépris à mes malheurs.

Plus j'avance, plus je l'entends hausser la voix.

---

3. Quartier branché d'Amman.

« Il est où, ton salaire ? Qu'est-ce qu'on va faire pour tes frères maintenant ? »

La somme que je lui verse ne lui suffit pas. Il essaie toujours de mettre la main sur mes économies. J'imagine qu'il est jaloux de ma capacité à gérer mes ressources alors que lui est incapable de satisfaire aux besoins vitaux de sa famille. Il est toujours à s'inventer de faux problèmes pour me mettre des bâtons dans les roues.

Je n'ai que ça en tête tandis que je cours vers la maison. Vers lui.

Que faire ? Je sais que je ne peux pas l'affronter et lui dire pourquoi j'ai été licenciée. Il réclamera des détails. Il exigera des explications de la part de ma responsable jusqu'à l'appeler pour l'interroger. Il ira la voir pour la supplier de me reprendre. Je nierai tous les reproches et j'accuserai ma cheffe de mentir. Et il n'aura d'autre choix que de me croire. Mais rien de bon ne sortira de tout ça. Peut-être que je devrais en discuter avec ma mère. Elle trouvera une solution. Je pourrais abandonner le sujet quelques jours dans l'espoir de trouver un autre travail, ce qui m'évitera d'affronter mon père.

J'aurais dû me douter que mon histoire avec Qais parviendrait aux oreilles de ma hiérarchie. Les filles ont la langue bien pendue. Et je ne suis pas particulièrement discrète, d'autant que je suis vraiment tombée amoureuse. C'était impossible de cacher mes sentiments et de ne pas tout raconter à mes amies de mon histoire avec Qais.

Bien sûr, je n'en parlais pas à tout le monde à l'atelier. Je ne faisais confiance qu'à deux d'entre elles. La première m'encourageait systématiquement. L'autre ne cessait de me mettre en garde. Elle jugeait mal que Qais soit marié, ainsi que notre différence d'âge, et elle doutait qu'il quitte un jour sa femme pour m'épouser.

Je ne l'ai pas écoutée. Je détestais son franc-parler :

« Hayat, Qais se moque de toi ! Tu es encore jeune, fais gaffe ! »

Mais je ne suis plus une gamine. Je suis bien plus mature que la plupart des filles de mon âge. Sans doute à cause de mon insatiable curiosité. Peut-être aussi à cause de toutes les épreuves que j'ai traversées et qui m'ont poussée à mûrir très jeune.

La vie est la plus rude des écoles. Elle nous lâche au moment de l'examen sans nous avoir donné les moyens de réussir. C'est à nous de commettre nos propres erreurs et d'apprendre de nos malheurs. On ne peut rien apprendre des échecs des autres.

Ma collègue peut dire ce qu'elle veut, je ne suis pas une fille de dix-neuf ans comme les autres. La vie a été cruelle avec moi et ne m'a pas épargnée. Elle m'a beaucoup appris, même si je la maudis :

« Vas-tu me lâcher, on a le même nom ! »

Hayat, la vie. Ce prénom me maintient la tête hors de l'eau. Je le répète dans les moments de cafard. Il me donne le courage et l'énergie nécessaires pour aller de l'avant. Je veux mener une existence normale, comme tout le monde, vivre, prendre mon envol, effacer le passé.

Je sens comme un poids sur mes épaules qui me paralyse. Mais je ne le laisse pas faire, je ne lui permettrai jamais de m'écraser.

Un jour, alors que j'étais assise en pleurs dans une rue de notre quartier, un papillon s'est posé sur mon épaule. Dans les frémissements de ses ailes, j'ai aperçu la vie. Et depuis, je m'accroche à l'existence dans l'espoir de m'envoler, même si mes ailes à moi sont déchirées.

Qais s'est emporté contre moi il y a quelques jours. Les préliminaires et les baisers ne lui suffisaient plus. Il voulait faire l'amour. Il m'a dit qu'il voulait vivre une relation complète, que je n'étais pas juste une amante à moitié mais une femme à part entière avec qui il voulait partager tout ce qu'il partageait avec son épouse. J'ai exigé qu'on attende qu'il quitte sa femme et qu'on se marie. Je ne voulais pas perdre ma virginité avant le mariage. Il n'a pas du tout apprécié. Il a prétendu qu'il ne pouvait pas la quitter comme ça, qu'il avait besoin de quelques mois. Je ne l'ai pas cru, même si je m'en suis voulu de n'avoir pas assez confiance en lui pour m'offrir complètement. Mais je n'ai pas pu. Peut-être la voix de ma collègue, celle de la raison, ou encore l'instinct de survie, m'en ont empêché. Je ne sais pas. Mais je connais bien les limites à ne pas franchir.

Ma relation avec Qais ne justifie pas mon licenciement. C'est ma vie privée, ce sont mes affaires. La patronne de l'atelier n'a pas le droit de me juger pour ça. Elle ne connaît pas les détails de mon histoire avec lui ni de son mariage. Telle que je suis, je ne me serais jamais permis d'aimer un homme marié, mais je suis tombée amoureuse sans m'en rendre compte et je n'ai pas pensé aux conséquences.

Au début, je voulais simplement un homme qui me redonne espoir. Un prince charmant qui m'enlève de la maison de mon père pour me couronner reine en son palais. Mais j'ai toujours été attirée par des hommes malheureux. Pourquoi, je n'en sais trop rien. Sans doute parce que pendant toute mon enfance mon plus grand défi était d'essayer de faire sourire mon père. Mon malheur doit apprécier la compagnie de celui des autres et quand j'y sombre, je me sens moins seule.

Quand je l'ai rencontré sur internet, Qais était misérable. Je me suis confiée à lui comme à aucun homme. Nous avons parlé à bâtons rompus. Il m'a ouvert son cœur et sa vie comme un livre dont il me dévoilait sans crainte des chapitres entiers. À la maison, avec sa femme, il étouffait. Il s'évadait sur internet pour chercher une bouée de secours, une amie à qui ouvrir son âme pour parvenir à retrouver le sourire.

Il a bien fait. Parfois le destin met sur notre route des inconnus qui savent nous rendre ce sourire perdu que même nos proches ne peuvent plus faire naître. Nous avons fait germer le bonheur dans nos cœurs. En grandissant, il s'est transformé en passion. Le premier amour de ma vie est un homme marié. Je m'y suis faite et j'ai appris à m'en accommoder. J'ai accepté sa situation et j'ai cru à ses promesses. J'ai attendu et patienté dans l'espoir que l'avenir fasse de lui mon mari. Je me suis mise en quête d'une vie meilleure, mais la réalité est bien loin de mes fantasmes.

Aujourd'hui, me voilà sans rêve et sans projet. Les ténèbres m'ont enveloppée. Le destin a tissé une toile dont les fils paralysent mes mouvements. D'abord, l'angoisse d'avoir perdu mon indépendance financière, ensuite la peur de n'avoir plus de perspectives d'avenir, enfin, me prenant à la gorge, la crainte de redevenir une proie facile à la merci de mon père.

Je marche, étourdie, sans but, dans les rues d'Amman. Je ne veux prendre ni taxi ni bus. Sous la pluie qui tombe dru, je parcours à pied sans m'arrêter toute la distance qui sépare Sweyfye de la cité des Sports. Comme si la douleur qui me lance dans les jambes apaisait celle de mon âme. Comme si la pluie nettoyait mes blessures et les anesthésiait. J'aimerais presque que cette souffrance augmente pour atténuer ma peine. Pour effacer de mon esprit la peur des jours à venir, la peur d'une vie sans Qais, la peur d'un futur incertain, la peur d'un père qui se soucie de mon salaire bien plus que de moi.

Rana

La couleur de l'amour

Où qu'il aille, mon regard le suit, comme magnétisé, malgré mes efforts pour me maîtriser. Il m'a plu dès l'instant où j'ai posé les yeux sur lui. Cette attraction s'est accentuée quand Hayat m'a confié que l'intérêt était réciproque et qu'il attendait aussi de faire ma connaissance.

J'ai été transportée de joie jusqu'à ce que je découvre ce petit détail : il est musulman. Il n'est pas de ma religion, dans une société qui ne tolère les relations entre un homme et une femme que dans une même communauté. Même si je m'autorisais à tomber amoureuse et à me lancer dans une aventure avec lui, ce ne serait sans doute qu'une brève histoire qui se terminerait nous laissant le cœur brisé. Je viens d'une famille chrétienne très conservatrice où une telle relation est impensable.

Mais Jantay ne m'a pas laissé le choix. À la fac, il n'a pas cessé de me tourner autour. Il a cherché à se rapprocher de moi par le biais de mes amis. Dans tous ses gestes, j'ai lu des messages d'amour. C'est un des garçons les plus mignons de l'université. J'aime sa peau hâlée, son style, et en plus il est grand. Il a plein d'amis et il ne manque certainement pas d'admiratrices.

Je n'ai jamais été très douée pour respecter les règles ni les coutumes. Rebelle et têtue, je n'écoute personne et n'en fais qu'à ma tête. Je suis la voie qui me rend heureuse. Même s'il s'agit d'un bonheur égoïste. Bien sûr, ce n'est jamais facile dans un monde qui restreint la liberté des femmes quelle que soit leur religion et leur impose toutes sortes de règles de comportement. Ça doit venir de mon caractère, ou peut-être de ma mère qui est étrangère, ou encore de l'éducation que j'ai reçue dans une école privée. Autour de moi, je ne cesse de recevoir des messages contradictoires. Dans cette société schizophrène et machiste, tout le monde essaie de me donner un cadre moral. Je suis une jeune femme et je crois aux principes d'égalité entre les sexes et de liberté individuelle. Je rassemble les avis divergents qui me sont donnés, je les fonds dans un creuset et les mélange avec les autres points de vue que ma raison et mon cœur me suggèrent.

Je me suis habituée aux coups d'œil furtifs que Jantay me lance de loin lorsque je traîne à la fac d'économie avec Leila et Hayat. Parfois, j'en oublie même où je suis quand je le regarde à mon tour.

Aujourd'hui Hayat me tire de mes rêveries en riant.

« Oh, tu mates qui ? »

Avec Leila, elle devine évidemment qui je suis en train de « mater », mais je rougis quand même. Je réalise à quel point j'ai l'esprit ailleurs à force de le regarder. Je l'aperçois qui franchit la porte de la faculté en direction de l'amphi. J'entraîne mes amies par le bras et je les pousse vers la salle. J'essaie de me convaincre qu'il n'y a aucune raison d'avoir peur de l'approcher, que nous pouvons aussi bien construire une amitié qu'une histoire d'amour. J'aimerais le connaître mieux, mais d'un autre côté je redoute, si je me dévoile trop, de perdre l'attention que je lis dans ses yeux.

Finalement, c'est moi qui prends l'initiative. Du coin de l'œil, je le vois pénétrer dans l'amphi. Il s'assied au troisième rang à côté de deux sièges vides. Je me dirige rapidement vers lui et je lui demande timidement si les places sont prises. Il sourit en me répondant que non. Je sors le cahier de Hayat que je pose sur le siège d'à côté pour le réserver, et je propose à Leila de s'installer sur un siège derrière nous. Elle proteste :

« Toute seule ? Mais il y a trois chaises libres au rang derrière ! »

Je lui lance un regard qui dit : « Ne discute pas ! »

« Bon, je suis déjà assise de toute façon, je ne vais pas bouger... »

Les minutes passent. Nous sommes assis l'un à côté de l'autre, deux inconnus, mais c'est comme si nous nous connaissions depuis des années. Mon cœur bat la chamade à chaque fois que je crois qu'il va me parler. Il bat aussi fort quand, de mon côté, je cherche à lui dire un mot. Mais je me fige avant même d'ouvrir la bouche. Tout ce qui me vient à l'esprit me semble tout d'un coup insipide, et je ne veux surtout pas qu'il me trouve insipide. Il fait une seule réflexion. Je ne suis même pas sûre qu'elle m'est adressée et je ne saisis d'ailleurs pas exactement ce qu'il veut dire. Je hoche la tête et souris sans un mot, comme une idiote.

Après le cours, je m'approche de lui, hésitante. Il a allumé une cigarette et s'est posé devant une fenêtre. À mi-chemin, je suis sur le point de renoncer, mais c'est trop tard. Il m'a vue m'avancer vers lui. Il me sourit. Je cherche une entrée en matière, je la répète plusieurs fois dans ma tête avant de la prononcer d'un ton neutre.

« Salut. Est-ce que je peux emprunter tes cours pour faire des photocopies ? Je n'ai pas noté tout ce que le prof a dit. »

Je bafouille, on dirait que je parle pour la première fois de ma vie. Les mots semblent sortir par saccades de ma bouche, comme si, bridés par la timidité, ils cherchaient à prendre leur élan. Il me répond avec cette fois un grand sourire. C'est là que je devine son embarras, comme s'il ne croyait pas à ce qui lui arrive. La fille qui lui plaît depuis des mois lui adresse la parole pour lui demander ses cours d'une manière qui ne laisse aucun doute sur ce qu'elle éprouve.

« Bien sûr ! Si tu veux, on peut aller les photocopier ensemble ? »

Une exaltation mêlée d'inquiétude me saisit, comme si je jouais avec le feu. Je me rapproche de lui avec retenue, en surveillant mes pas et mes paroles. Plus je réduis la distance qui nous sépare et plus la chaleur m'envahit. Je sens en moi une envie de fondre comme si j'étais un glaçon qui ne rêve que de s'évaporer.

Notre gêne est palpable. La pudeur nous retient. Mais nous comprenons que, même si nos lèvres n'osent pas encore former des mots, nos cœurs communiquent dans un langage mystérieux que nos visages et nos corps expriment déjà. La proximité nous fait éprouver une joie nouvelle à laquelle nous ne sommes pas habitués.

À ma surprise, quand nous nous quittons après avoir fait les photocopies, j'ai la tête qui tourne, comme si une seule dose de sa présence à mes côtés avait suffi pour m'enivrer. Je plane littéralement. Je suis partagée entre mon élan vers un homme qui m'est interdit, mon corps qui aspire à humer l'air du paradis, et mon esprit rationnel qui lutte pour revenir sur terre. Du moins c'est l'impression que me donnent ces premiers instants. Je m'apercevrai bientôt que même l'esprit peut prendre la couleur de l'amour, et que même la logique se plie à cette fièvre et se façonne sous son emprise.

CHAPITRE II

Leila

Une parfaite femme à marier

À peine quelques jours se sont-ils écoulés depuis l'obtention de mon diplôme que ma mère me presse déjà pour que je trouve un travail. Elle n'est intéressée ni par mon avenir professionnel ni par le salaire qui pourtant permettrait à la famille de souffler un peu, ne serait-ce qu'en subvenant à mes besoins. Non, tout ce qui lui importe, c'est que je remplisse toutes les conditions d'une parfaite femme à marier.

Elle a bien conscience que, de nos jours, la plupart des hommes ne sont pas capables de fonder une famille en comptant sur un seul revenu. Nombreux sont ceux qui recherchent une épouse capable de les aider avec un deuxième salaire.

Pour les femmes jordaniennes, cela rend la situation à la fois aberrante et désolante. Le droit de pointer au travail s'est changé en devoir, ce qui par ailleurs ne les dispense en rien des autres obligations auxquelles elles sont astreintes.

Les femmes qui travaillent ne cessent pas pour autant d'être des femmes au foyer. La société attend d'elles qu'elles s'occupent de la maison et qu'elles prennent soin de leur mari et de leurs enfants tout en réussissant leur carrière.

Les hommes, eux, n'ont d'autre devoir que de se consacrer à leur emploi et de ramener de l'argent à la maison. Demander à leur femme de les aider financièrement ne leur fait plus honte, mais partager avec elle les tâches ménagères reste un déshonneur.

On considère comme un bon parti un homme avec un travail et un revenu stable. Par contre, pour être « épousable », une femme se doit d'être belle, d'un âge convenable, moralement irréprochable, bonne cuisinière et fée du logis. Et pourvue de surcroît d'un diplôme et d'un travail. Ces exigences rendent les conditions d'une union honorable difficiles à remplir.

Quand elle a obtenu sa promotion, ma sœur Salma a été victime de la même déconvenue. Elle croyait que tout le monde serait heureux pour elle et la couvrirait de compliments. Les réactions de l'entourage l'ont autant prise au dépourvu que moi le jour de ma réussite avec mention. C'est que le cadre général lui avait échappé, à elle aussi. L'objectif principal restait inchangé : le mariage. Au lieu de la féliciter, les gens ont redoublé de mises en garde et de sermons. Beaucoup s'imaginent qu'à chaque échelon gravi dans la hiérarchie professionnelle, une femme réduit ses chances de se trouver un époux.

Quelle logique dans tout cela ? Le mâle jordanien ne supporte toujours pas d'avoir une femme avec un meilleur poste et un salaire plus élevé que lui. Quel complexe de supériorité !

Dans notre conception de la société, l'homme demeure toujours supérieur à la femme. Une femme est appréciée et estimée seulement quand le destin ou la chance la lient à un homme. C'est lui le chef du foyer, c'est lui qui détient les clés du pouvoir, dont le pouvoir financier, même si l'évolution sociale récente a bien compliqué la vie de la gent masculine.

Mon diplôme m'a quand même beaucoup aidée dans ma recherche d'un travail. J'étais sûre que j'allais en trouver un facilement. Autour de moi, on cherchait à me décourager en évoquant la crise économique et la corruption rampante.

« Il n'y a personne qui embauche en ce moment ! »

« Si tu n'as pas de piston, tu ne trouveras rien ! »

Je ne les ai pas écoutés. J'ai trouvé sur un site internet des conseils pour écrire mon CV. Je l'ai rédigé toute seule en ajoutant ma mention en haut de la page. J'en ai envoyé des copies à droite et à gauche. Au bout d'à peine deux jours, des employeurs ont commencé à m'appeler et à me proposer des rendez-vous pour des entretiens. J'ai opté pour un poste dans une banque. Un emploi respectable pour une fille. Un environnement correct et de très bons horaires, bref, des conditions de travail parfaitement adaptées aux obligations d'une femme devant à la fois travailler et s'occuper de son foyer. Ma mère m'a félicitée et s'est vantée devant ses amis.

Le premier jour, je ne sais pas trop à quoi m'attendre. Je n'ai jamais travaillé de ma vie. J'éprouve un enthousiasme mêlé d'angoisse. Un sentiment de solitude, aussi. Me voilà une intruse dans une armée d'employés connaissant parfaitement leur rôle. Leurs gestes sont réglés et automatiques, comme s'ils étaient programmés d'avance. Je suis la plus jeune. Je scrute tout le monde. Je marche sur des œufs, essayant de comprendre les attentes de mon chef.

C'est un homme d'âge avancé, pas très grand, avec des cheveux blancs. On l'appelle Abou Issam. Pour ma part, j'évite purement et simplement de l'appeler. J'ai pour habitude de m'adresser aux hommes de son âge avec l'épithète « *'Amm,* Oncle », mais j'évolue désormais dans un environnement professionnel, où « *'Amm* » serait tout sauf approprié. Je n'ose pas davantage l'appeler Abou Issam.

La discrétion et le respect lui sont totalement étrangers. Sans vergogne il profite de sa position, malgré notre différence d'âge, moi qui ai l'âge de son fils. Il n'hésite pas à me reluquer jusqu'à me mettre mal à l'aise. Je ne veux pas tirer de fausses conclusions ni le juger trop vite, mais sa façon de me déshabiller du regard me gêne. Je ne m'attarde jamais dans son bureau. Mon malaise le fait sourire et semble l'encourager. Comme si m'intimider ainsi l'excitait, ou qu'il s'imaginait avoir le feu vert pour aller de l'avant.

Il m'envoie des signaux contradictoires. Parfois, il me traite comme si j'étais sa fille en jouant le rôle du père débonnaire, et parfois, il suffit que je baisse la garde pour qu'il en profite pour me tripoter d'une main baladeuse. Il feint la spontanéité, et grâce à son âge son comportement prend un tour paternel. Mais tout mon corps tremble quand je le sens contre moi. Je suis choquée par son impudence. Il doit penser que son pouvoir le protège et lui accorde le droit de me harceler, et il ne désespère ni ne s'arrête jamais.

J'hésite sur la marche à suivre. C'est mon premier travail, et la première fois que je me trouve dans une telle situation. Je ne sais pas comment m'en sortir. J'essaie de le repousser ou de l'ignorer, mais il insiste. Je ne peux pas me permettre de faire remonter l'affaire à la direction de la banque. C'est ma réputation qui est en jeu. Mon chef est un homme et, quoi qu'il arrive, il ne sera jamais jugé comme je le serai. Même si c'est moi la victime qu'on agresse. Dois-je en parler à mon père ? À mon frère ? Mais, ce faisant, est-ce que je ne risque pas de causer de graves ennuis à mes proches ? D'exposer ma famille à un scandale ?

Chaque jour, je compte nerveusement les heures qui me séparent de mon retour à la maison. Constamment inquiète, je pose la main sur mon cœur pour en calmer les battements. Je guette le bruit des pas d'Abou Issam, tremblant comme une biche traquée, cherchant avec angoisse l'occasion pour fuir. Je change ma façon de m'habiller, j'essaie de ne pas trop me maquiller, je remplace la jupe qui m'arrive pourtant déjà aux genoux par une autre nettement plus longue.

J'envisage le port du voile comme une solution radicale et désespérée pour me protéger. Beaucoup d'hommes jugent les femmes en fonction de leur tenue. Abou Issam doit voir dans la mienne une invitation à me draguer. En réalité, je pense au *hijab* depuis un moment déjà. Je m'efforce de suivre les préceptes religieux et de les appliquer. Le *hijab* en fait partie. La prière me réconforte, et je pratique le jeûne depuis l'enfance. Mais le *hijab* me fait peur.

Je sais bien que c'est un devoir religieux fondamental, mais ce n'est pas un choix facile. Si je prends cette décision, je ne pourrai pas revenir en arrière. Ce sera pour toujours, comme le mariage. Si je porte le *hijab,* cela va influer sur tous les aspects de ma vie, changer le regard des autres, autant que le mien.

Je m'enferme dans ma chambre, je sors un morceau de tissu et l'enroule autour de ma tête. J'observe mon reflet dans le miroir et lui demande : « Tu me trouves encore belle ? »

C'est mon nez qui me répond. Il a l'air plus grand que d'habitude. Comme s'il s'étalait sur mon visage. Je me fais peur. J'enlève le tissu et fais tomber mes cheveux sur mes épaules. Je saisis une brosse que je passe doucement sur chaque mèche. J'en prends tellement soin… Mes cheveux, avec leur couleur et leurs boucles, c'est là le triomphe de ma féminité.

Ma situation est celle de toutes les femmes. J'aime paraître belle, j'aime sentir ma féminité et pouvoir lire son effet dans les yeux des autres. On n'a jamais dit de moi que j'étais une beauté époustouflante, mais j'ai appris, avec le temps, à me mettre à mon avantage pour paraître plus belle et plus féminine. Et mes cheveux demeurent mon arme principale. Soigner ma coiffure me rend différente. Et m'offre un peu de joie. En fin de compte, je ne suis qu'une femme prenant soin de son apparence. Les cheveux d'une fille sont l'essentiel de sa beauté. J'ai peur que le *hijab* ne masque mon meilleur atout et ne me rende moins séduisante. Et bien sûr, je crains qu'il ne diminue mes chances de me trouver un mari.

J'ai toujours pensé que j'aborderais la question du port du *hijab* après le mariage, mais la nécessité veut que je m'en préoccupe dès maintenant. Peut-être que Dieu cherche à m'éprouver ou à me punir en m'imposant Abou Issam. Ou est-ce un signe pour m'amener à réfléchir à l'importance du voile et à comprendre qu'il ne faut plus différer. Aujourd'hui, je suis confrontée à une décision difficile. Une des plus difficiles de ma vie. Et, sans doute, la plus déterminante pour ma vie future.

J'en parle à ma mère. J'ai besoin de son soutien avant de faire un choix pareil. À mon étonnement, je me heurte à une hostilité glaçante. Pas de sauts de joie, pas d'embrassades comme je l'avais imaginé. Dans ma tête, ma mère était censée me serrer dans ses bras, me féliciter d'avoir fait ce choix. Je pensais qu'elle allait crier de bonheur et parader devant ses amies.

Et, une fois encore, je l'ai mal jugée. Je ne comprends rien à son univers, à sa façon de penser. Elle se fait du souci pour moi. Mon mariage relève de sa responsabilité. Mon échec serait aussi son échec à elle. Mon inquiétude nourrit la sienne. Ou est-ce le contraire ? Ses appréhensions et ses échecs engendrent les miens. Elle s'en veut de sa faillite avec Salma et n'arrête pas de s'en faire le reproche. Avec moi, elle essaie de se rattraper. Elle redoute que le *hijab* ne diminue mes chances de mariage et elle me demande de patienter. Je suis à deux doigts de lui raconter le harcèlement que je subis de la part d'Abou Issam, mais elle me prend de court en évoquant soudain un potentiel futur mari.

Un garçon de la famille de notre voisine est à la recherche d'une épouse. Oum Mouhammad a abordé le sujet avec elle et lui a fait la description du jeune homme, sans omettre sa situation sociale et financière. Une famille respectable, d'un bon milieu social, possédant une usine de produits alimentaires dirigée par le garçon lui-même, avec l'aide de son père et de ses deux frères. C'est le plus âgé de la fratrie. Il a fait ses études en Angleterre et il cherche désormais une « gentille fille » pour s'installer et fonder une famille.

Bien sûr, cette « gentille fille » c'est moi. Une gentille fille qui devra se préparer à faire bonne figure lorsque le garçon et sa famille viendront leur rendre visite pour apprécier sa « gentillesse ». Je dois me mettre à mon avantage afin de donner la meilleure image de moi-même et de ma famille. Il s'agit de faire bonne impression sur mon éventuel fiancé et sur ses proches. Pendant leur visite, ma mère énumère toutes mes qualités déversant un torrent de superlatifs tandis qu'en face son homologue fait de même. Elle leur détaille par le menu ma beauté, mon sens moral, mes talents de ménagère. La mère du garçon, de son côté, fait étalage des biens de la famille, du diplôme de son fils, de son travail, de son avenir.

Mon rôle à moi se borne à servir le café et à rester assise, avec modestie, laissant les membres des deux familles discuter. Je reste silencieuse, observant avec effarement les deux parties qui se renvoient la balle. La balle, évidemment, c'est moi.

Ils me mettent à nu, me détaillent sous tous les angles. Et moi, je me contente de hocher la tête de temps à autre. J'esquisse un sourire et baisse les yeux chaque fois que mon regard vient à en croiser un autre. J'acquiesce à tout ce que dit ma mère, mais j'ai l'impression qu'elle parle de quelqu'un d'autre avec le même prénom que moi et des qualités vaguement pareilles aux miennes. Elle épice mon histoire pour captiver l'assistance. On pourrait presque en faire un film. Il m'aurait même passionné si je n'en étais pas l'héroïne involontaire. Je suis fatiguée de cette mise en scène. Ce n'est pas la première fois que je dois me faire belle pour assister à un tel cinéma. J'ai pris l'habitude de ces candidats au mariage qui régulièrement viennent frapper à notre porte.

Il y a quelques années, j'ai vu défiler tous les prétendants de Salma. Je l'ai vue se débattre et manifester son aversion pour ces pratiques. Elle exécrait ce rituel traditionnel. Elle trouvait offensant et humiliant de s'exposer devant des inconnus pour être jaugée. J'ai souvent partagé ce sentiment. J'ai bien cherché à protester mais ma mère ne voulait rien entendre. C'est elle qui fixait les rendez-vous avec les familles et je ne pouvais pas y échapper.

La pression psychologique et nerveuse que j'ai subie aujourd'hui m'a encore plus épuisée que d'habitude. J'ai eu beau essayer de lui opposer un refus, ma mère sait user d'intimidation et de pression pour me faire céder. Elle ne veut pas entendre que je puisse juger un prétendant en une visite seulement. Elle insiste pour que nous apprenions à mieux nous connaître pour lui donner une autre chance.

Elle récapitule la liste de ses qualités comme l'avait fait sa mère. Elle met en avant sa situation financière, la belle vie que j'aurai avec lui. Moi, je lui répète qu'il ne m'intéresse pas, et que je n'accepterai à aucun prix cette proposition de mariage. Alors elle expose à mon regard un autre visage : un visage marqué par les rides, chacune creusée par l'un des futurs échecs qu'elle appréhende pour moi. Dans l'une, je peux lire mes aspirations professionnelles et l'épuisement en résultant, dans une autre ma solitude, mon besoin d'amour frustré et l'envie inassouvie d'une famille. À chacun de mes nouveaux refus, c'est une nouvelle ride que je vois apparaître.

Quand elle se sent à court d'arguments, elle sort une dernière carte de sa manche. Je peux lire dans ses yeux l'injure « vieille fille » avant même qu'elle la profère.

Je comprends bien sa préoccupation pour moi et pour Salma, et les raisons pour lesquelles elle nous pousse à accepter les occasions qui se présentent à notre porte. Mais je ne peux pas me forcer à accepter un homme que mon cœur rejette. Je n'ai aucune envie de lui donner une seconde chance. Quelles que soient ses qualités et toute sa richesse.

Comment pourrais-je vivre avec un homme que je n'aime pas ? Comment pourrais-je lui consacrer ma vie alors qu'il ne serait rien pour moi ? Pas question ! Ceux qui prétendent que l'amour vient après le mariage n'ont jamais su me convaincre. Cela convient peut-être à d'autres femmes, mais pas à moi. Je fais mine malgré tout d'écouter ma mère, de réfléchir à ses arguments. Mais ce harcèlement psychologique m'exténue et me laisse sans force pour maintenir ma résolution.

S'ensuit une journée pénible au travail. Devant ma défiance, Abou Issam a changé d'attitude. Il s'est fait cassant et saisit la moindre occasion pour pointer mes erreurs et me sanctionner. De mon côté, j'ai la tête ailleurs. Je repense aux arguments de ma mère et à l'occasion en or que, selon elle, je devrais saisir. Perdue dans mes pensées, je laisse passer une erreur flagrante dans mes calculs. C'en est trop. Je fonds en larmes.

En voyant Ali entrer dans le bureau, je me reprends. J'essuie rapidement mes larmes et j'esquisse un sourire. Je le salue d'un ton de voix qui se veut enjoué. Je ne parviens pourtant pas à lui cacher mon chagrin. Il le lit dans mon visage crispé et mes yeux rougis. À dire vrai, je n'essaie pas vraiment de dissimuler mon état. Sans en être consciente, je cherche peut-être à gagner sa sympathie pour me rapprocher de lui.

Ali est un client irakien de la banque. Il nous rend visite de temps à autre pour diverses opérations bancaires et le suivi de ses comptes. Au cours de ces derniers mois, lors de ses fréquentes visites, un semblant d'amitié s'est instauré entre nous. Il m'a confié ses soucis et combien la vie à Bagdad lui manque. Je lui ai dévoilé mes problèmes, mes rêves, je lui ai parlé de ma vie à Amman.

Il me demande la raison de mon chagrin. Je tente d'esquiver le sujet, mais il insiste : il n'aime pas me voir comme ça, mes larmes lui font de la peine. Je suis touchée par sa sollicitude. Puis, finalement, je lui ouvre mon cœur et, le plus objectivement possible, je lui explique la situation. En lui parlant, j'essaie de chasser le fantasme où je serais une princesse rêveuse, et lui un prince charmant sur son cheval. Un rêve éveillé où je l'imagine mon ami, mon époux, mon amant dans un univers de fantaisie, une vie inspirée des histoires romantiques qui m'ont bercée pendant mon adolescence.

Je donnerais tant pour que les choses prennent une autre tournure entre nous, et qu'il m'avoue que je lui plais. Comme j'aimerais pouvoir échanger nos rôles et être un homme pour pouvoir déclarer ma flamme ! Car si j'étais un homme, je pourrais lâcher la bride à mon cœur et dévoiler mes sentiments. Mais pour la femme que je suis, je me dois d'être subtile et de patienter avec l'espoir qu'il remarque les signaux cachés que je lui envoie. Une femme ne peut que laisser une porte entrouverte. Qu'on ne la prenne jamais pour une fille facile ! On apprécie sa valeur à la modestie de son comportement.

Mais aujourd'hui, ce n'est plus le temps des messages subtils, ni de la patience, ni de la prière. Aujourd'hui, je le mets au défi ; si sa réaction est négative, elle fera disparaître mes rêves et mes espoirs et je rentrerai chez ma mère pour lui dire que j'accepte la proposition de mariage.

Mes larmes continuent à couler quand soudain la réalité et mon rêve se confondent. Comme s'il me lançait une bouée de sauvetage, Ali me demande :

« Leila, veux-tu m'épouser ? »

Ali

Un chemin obligé

Je sors du bureau de Leila hébété par le tournant que je viens de faire prendre à ma vie. Jamais je n'aurais pensé prononcer cette phrase un jour. J'ai répété la scène dans ma tête cent fois auparavant. À plusieurs reprises je m'étais décidé à franchir le pas, mais à chaque fois j'hésitais et je remettais à plus tard. Tout pouvait encore changer ; je gardais l'espoir qu'un événement me soustrairait à l'impératif du mariage. Avec cette demande, je me suis jeté à l'eau. Une eau glaciale. J'ai senti mes émotions s'engourdir comme sous l'effet d'un sédatif. Ni la surprise ni l'enthousiasme dans les yeux de Leila ne m'ont affecté. J'ai fait ce que j'avais à faire, et j'ai laissé le reste au destin.

Dans la rue, devant moi, le feu passe au rouge. Des voitures de toutes couleurs et de toutes marques s'arrêtent l'une après l'autre. Je suis saisi par le regard curieux d'un enfant assis sur le siège arrière d'une voiture près de moi. Avec son père devant et sa mère à ses côtés, tous trois forment un tableau idéal : la famille parfaite telle que je me la représente. L'image se transforme et me voilà à la place de l'enfant. Mon père est revenu à la vie. Ma mère ne porte plus les stigmates du temps. Quelle belle scène ! Ces trois-là résument toute l'humanité en une seule image. Dans ma tête, la vision change encore. Cette fois, c'est moi le père, Leila est à mes côtés et l'enfant sur le siège arrière.

Le doux regard de Leila me revient à l'esprit. Je suis toujours étrangement apaisé par la douceur de ses paroles et l'attention qu'elle me porte. Je suis heureux de parler avec elle, je la sens si près de mon cœur. Notre amitié signifie beaucoup pour moi. Je me suis dit plusieurs fois que si je me mariais un jour, ce serait avec elle. Leila est une des plus belles personnes que j'aie rencontrées et je ne pourrais trouver meilleure mère pour mes enfants.

Pourtant en mon for intérieur, je me demande si je pourrai jamais offrir une vie heureuse à cette femme magnifique. Suis-je en train de la sauver de la triste existence qui l'attend ? Ou est-ce que je l'entraîne sur un chemin bien pire encore ? Cette décision n'a pas jailli de mon cœur comme une évidence, j'en suis conscient. Je sais, je ne peux lui fournir un des fondements de la vie à deux. Mais en même temps, je vais faire tout mon possible pour la rendre heureuse et lui offrir une vie décente. Je saurai être un bon époux et un père aimant.

Ma mère sera folle de joie. Elle pourra assister au mariage de son fils aîné et voir se réaliser son rêve de voir naître un petit-fils portant le nom de la famille. Elle préférerait bien sûr que j'épouse une Irakienne, mais, en fin de compte, elle acceptera que ma femme soit d'une autre nationalité. Surtout après toutes ces années à me voir éviter le sujet du mariage. J'aimerais la rendre heureuse, et peut-être lui redonner un peu de la santé qu'elle a perdue en fuyant l'Irak.

Nous avons tant souffert ces dernières années. Les choses ont commencé à se dégrader après la guerre et la chute du régime de Saddam Hussein. Des groupes armés ont pris le contrôle du pays. Nous avons perdu notre liberté, au travail comme dans nos foyers. Le danger n'a fait ensuite que s'intensifier et les lettres de menace se sont multipliées.

Ma mère a perdu pied le jour où mon oncle s'est fait enlever. Elle a passé des jours entiers entre crises de démence et réalité. Dans son esprit, elle était revenue au jour de la disparition de mon père lors de la guerre entre l'Irak et l'Iran, en 1984. Elle n'a survécu que par la seule force mentale et physique que son instinct maternel lui conférait pour s'occuper de ses trois enfants désormais sans père. J'étais l'aîné, j'avais dix ans, mes sœurs jumelles en avaient cinq. Mais cette fois, si nous avions perdu mon oncle, elle aurait définitivement sombré dans le désespoir. Elle a continué à avoir des hallucinations et des visions jusqu'à ce qu'il réapparaisse, deux semaines plus tard. Toute la famille s'était coalisée pour réunir le montant exigé pour sa libération.

Nous n'en avons pas cru nos yeux et nos oreilles lorsqu'il est apparu à notre porte sain et sauf en criant de joie. Bien des familles avaient aussi payé des rançons, sans pour autant voir revenir leurs proches. Mais par la suite la situation est devenue insupportable. Nous vivions dans la peur d'un autre enlèvement. Il nous était impossible de récolter cent mille dollars une seconde fois. Nous savions très bien que le prochain qui disparaîtrait ne reviendrait pas. Nous avons commencé à envisager l'idée du départ. Un jour, il a fallu s'y résoudre en catastrophe. Nous avions reçu une lettre dans laquelle on menaçait de m'enlever. Ce fut la goutte de trop. Ma mère n'a pas perdu une seconde. Elle s'est mise à hurler comme une folle et nous a tous forcés à quitter la maison le jour même, sans réfléchir. Elle ne nous a même pas laissés faire nos adieux à la famille et aux amis. Nous avons rassemblé l'essentiel de nos affaires, et abandonné derrière nous le reste de notre passé. Nous avons sauté dans un taxi et quitté la vie que nous avions toujours connue pour foncer vers la Jordanie.

Les jours qui ont suivi notre arrivée à Amman ont été pénibles. Il n'a pas été facile de nous acclimater à cette nouvelle existence. La santé de ma mère a décliné et l'accès à nos ressources en Irak a été coupé. La plupart de nos revenus venaient de propriétés immobilières à Bagdad. Mais il était impossible de percevoir les loyers depuis Amman. Le peu d'argent que nous avions emporté a commencé à s'épuiser et nous n'arrivions plus à payer le prix des médicaments pour soigner ma mère. Nous nous sommes adressés à des associations caritatives spécialisées dans l'aide aux réfugiés irakiens. Grâce à leur aide, la santé de ma mère s'est améliorée, ainsi que notre situation financière et sociale.

Durant tout ce temps, ma mère n'a pas cessé de me presser pour que je trouve une épouse. Mon mariage est devenu pour elle une vraie obsession et son seul sujet de conversation. Elle n'arrêtait pas de répéter que son rêve était de me voir marié, et que sa plus grande préoccupation avant de quitter ce monde était de nous installer, moi et mes sœurs, chacun dans sa maison avec son conjoint.

Je vais enfin réaliser son rêve. Et celui de Leila. Ainsi que mon souhait de fonder une famille. Je suivrai le chemin qui s'ouvre aux garçons de mon âge. J'ai le devoir de perpétuer le cycle de la vie, malgré mon orientation, mes préférences, mon propre désir.

Ma mère porte la main à sa bouche en poussant un cri de joie. Elle pleure de bonheur et m'assaille de questions sur la fille pour laquelle mon cœur bat, pour reprendre ses mots. Elle est à l'affût du moindre détail. Elle ressemble à quoi, ma future fiancée ? Elle est d'une bonne famille ? Cultivée ? Grande ? Et la couleur de sa peau, de ses cheveux ? Celle de ses yeux ? On dirait que c'est elle qui se marie, que le temps est revenu pour elle de jouer à la promise. Comme on dit, la mère du marié est aussi une mariée.

Moi, je ne partage pas du tout cette euphorie. Je suis pris d'une angoisse qui me porte sur les nerfs. Je vais m'engager sur un chemin où se révélera ma capacité à prolonger le mensonge que j'ai maintenu depuis longtemps et que je maîtrise parfaitement. Un mensonge qui perdurera durant les nombreuses années d'une vie désormais partagée avec quelqu'un d'autre. Un mensonge qu'il me faudra tenir tout en finesse. Je devrai dissimuler ma personnalité, celle d'un homme dont le vrai visage, celui d'un menteur, est connu de très peu de gens. Confronté à une situation plus délicate, mon masque risque de tomber au moindre incident si j'échoue à jouer mon rôle avec le talent nécessaire.

Nous portons tous un masque pour ressembler aux autres. Il nous importune face à ceux que nous aimons jusqu'à devenir insupportable. Et c'est là qu'il faut redoubler de vigilance pour qu'il ne tombe pas. Le masque que j'ai toujours porté dans la maison de ma mère, je le porterai dans celle de ma femme, pour vivre une vie qui autrement serait impossible.

Hayat

Le retour du cauchemar

C'est quand l'épuisement et le désespoir nous frappent que la maladie nous cloue au lit. Et là, c'est le temps du bilan. Nous réalisons que tant que notre cœur battra, tant que nos jambes nous porteront, nous sentirons toujours cet élan dans la poitrine pour nous entraîner sur le chemin qui s'ouvre devant nos pas.

J'étais exténuée d'avoir erré sous la pluie froide pendant des heures. Mon corps a refusé de capituler jusqu'à ce que je m'effondre sur le lit comme morte. J'ai été prise de tremblements comme si mes os cherchaient à se débarrasser du froid. Ma température a monté. J'avais l'impression que mes pensées bouillonnaient comme dans une casserole sur le feu, formant des bulles de visions qui m'auraient achevée sans les compresses imbibées d'eau que ma mère m'a posées sur le front durant toute la nuit jusqu'au petit jour.

À quelque chose malheur est bon, me suis-je dit. La maladie m'a épargné d'avoir à donner à mon père une fausse excuse pour ne pas aller au travail ce jour-là. Mais cela n'a pas suffi pour échapper à la soirée à la ferme de son ami à laquelle nous étions conviés.

Mon père adore nous présenter à tout le monde comme une famille heureuse. Il tient à nous réunir tous à chaque occasion comme à chaque visite de parents ou amis. Je me souviens encore de la gifle magistrale qu'il m'a assénée il y a trois ans, quand j'avais refusé d'aller rendre visite à ma grand-mère avec lui. J'en entends encore le claquement.

La température se dissipe petit à petit de mon corps comme les nuages dans le ciel d'Amman. La pluie printanière laisse place au soleil en l'espace de quelques heures. À la nuit tombée, je me sens nettement mieux. Je quitte mon lit pour me glisser sous l'eau brûlante d'une douche. Je m'apprête pour la soirée en enfilant un jeans bleu et une blouse noire assortie à ma peau brune. Je choisis mes jolies boucles d'oreilles en forme de papillon. Je contemple mon reflet dans le miroir pour m'assurer que mon allure obtiendra l'approbation de mon père. À chacune de mes sorties, il me fait des remarques sur ma tenue.

La ferme d'Abou Georges est proche de Madaba, à une heure de voiture au sud d'Amman. C'est dans cette jolie maison de campagne qu'il nous invite de temps en temps. Les deux familles se réunissent autour d'une grillade. Ma mère, Oum Georges et moi, nous découpons la viande et la fixons sur les piques, en alternant avec des morceaux d'oignons et de tomates. Les hommes se chargent de les poser sur le gril. Mes petits frères jouent au ballon, alors que mon père, Abou Georges et son fils passent leur temps devant le plateau de trictrac. Je me prépare un narguilé, je laisse mon regard flotter autour de moi, et j'essaie de me vider le cerveau pour profiter du moment. Papa a attaqué la bière dès notre arrivée. Nous sommes habitués à le voir boire, surtout en ce genre d'occasions. Ma mère l'observe du coin de l'œil et cherche à le persuader de ne pas exagérer. Mais lui s'en moque.

Durant le repas, Oum Georges me tend une bière. Ma mère essaie de s'y opposer, mais mon père l'arrête.

« Laisse ta fille s'amuser ! »

Je me saisis du verre que j'avale d'une traite comme une pocharde, sans prêter attention à l'amertume qui me prend à la gorge. Ce soir, j'ai un besoin pressant d'alcool, même si je n'en ai encore jamais senti l'effet. J'ignore le regard apeuré de ma mère, je veux juste me soûler comme mon père.

Mes frères, épuisés après leurs jeux, se blottissent contre la poitrine de maman, fatiguée elle aussi. Papa est presque soûl et ne veut pas rentrer si tôt. Abou Georges propose de retourner à Amman pour y poursuivre la soirée avec des amis. Ma mère lui demande de la raccompagner avec les garçons. Elle aimerait que je les accompagne, mais je n'ai pas encore envie de partir. Je veux rester loin de la maison le plus longtemps possible, éterniser cette soirée pour ne pas affronter les problèmes qui m'assaillent. J'aimerais qu'ils attendent pour que nous rentrions tous ensemble. Je redoute le voyage toute seule avec mon père, mais l'effet de la bière m'empêche de prendre la bonne décision.

Deux heures plus tard, nous quittons la soirée, mon père et moi. Il est une heure du matin. À la porte de la ferme, j'attends que mon père salue Abou et Oum Georges en les remerciant pour la soirée. Puis il s'approche de moi et me lance un regard qui me renvoie des années en arrière. Ce regard, je l'ai enterré avec les autres souvenirs insupportables qui l'accompagnent. J'ai cru qu'il avait disparu de ma vie, même s'il persiste à me poursuivre dans mon sommeil sous forme d'horribles cauchemars qui se répètent à une fréquence effrayante. Il se rapproche et me murmure à l'oreille :

« Qu'est-ce que t'es devenue grande ! Et en plus, tu bois ! »

J'ai un haut-le-cœur tant il empeste l'alcool. Pétrifiée de terreur, je ne trouve pas quoi lui répondre. Mon cœur cogne dans ma poitrine comme s'il cherchait à s'en échapper à tout prix, comme s'il se souvenait mieux que moi de ce que mon père m'a fait subir par le passé.

« Tu aimerais que je te donne une leçon de conduite ? »

J'acquiesce. Je pense pouvoir me tirer de cette situation insoutenable. Au début, je me persuade presque que je me suis trompée. J'ai dû n'apercevoir qu'un regard furtif et innocent. Il a vraiment changé ces derniers mois. Malheureusement, c'est mon cœur qui a vu juste. J'aurais dû me douter que le passé n'avait pas encore disparu, que ses tortures ressurgiraient de la pire des façons. J'aurais dû savoir que cette nuit effacerait le peu de confiance en lui qui me reste. Qu'elle ferait de moi une femme perdue, dévorée, désintégrée, à genoux devant son existence. Le destin se faisait l'allié de mon père et la lune son complice. Tout concourait au plan satanique dont j'étais la victime.

La rue qui mène de Madaba à la mer Morte est sombre. Pas un seul réverbère. La lune disparaît, sa lumière avec. Comme si elle approuvait son crime. À moins qu'elle n'ait honte d'en être le témoin.

Je conduis sans dire un mot. Seule avec lui. Dans mes prières, j'en appelle à Dieu, espérant qu'il me soutiendra, que tout ira bien. Mais Dieu fait la sourde oreille. Il a disparu, lui aussi. Me voilà seule à affronter mon destin. Je suis livrée à moi-même quand mon père glisse la main sur ma cuisse. Je lui demande d'une voix altérée par la peur :

« Papa, tu fais quoi ? »

Et là, je comprends le piège dans lequel je suis tombée. Il répond sèchement ; je dois continuer à conduire comme si de rien n'était, comme si le corps qu'il violentait n'était pas le mien. Il se tourne vers moi et tend la main pour saisir mes seins. Le corps d'une femme lui manque depuis si longtemps. Il jouit du mien fuyant mon regard plein de désespoir. Le regard d'une femme pour qui le monde s'est assombri au point qu'elle voit la mort comme seule issue.

Pendant des années, je me suis convaincue que jamais plus je ne lui permettrais de me toucher. Pourtant, alors que je suis au volant de la voiture, il prend possession de moi comme par le passé, détruisant tout ce que j'ai pu construire pour me convaincre que je peux vivre comme une vraie personne. Et là, je préférerais mourir.

J'aperçois un énorme camion qui roule à toute vitesse en sens inverse. En un éclair, ma décision est prise. Je presse l'accélérateur. Mes mains donnent un coup de volant soudain vers le camion. Ma bouche marmonne des paroles d'adieu à ce monde.

Mon père réalise ce qui se passe. Et avec une vitesse étonnante vu la quantité d'alcool qu'il a dans le sang, il se jette sur moi comme un fauve. Avec toute la force de ses muscles, il m'arrache le volant et reprend le contrôle du véhicule. Son pied écrase le mien et il appuie brutalement sur le frein. Question de vie ou de mort. Il reste muet pendant un moment. Puis il explose d'une rage comme je n'en avais jamais vu. Pourtant ses rages, j'en ai connu beaucoup. Sa main se lève pour me gifler à plusieurs reprises. Il m'extirpe du siège du conducteur. Il me jette sur le sol. Il me couvre d'insultes. Plusieurs minutes s'écoulent avant qu'il ne se calme. Je remonte dans la voiture, sur le siège du passager cette fois. Je me persuade que ce qui vient de se passer a tué son désir pour la nuit. Je m'attends à ce qu'il change de direction, qu'il nous conduise à la maison. Mais, à ma surprise, il continue sur la même route sans lumière jusqu'à un chemin sur le côté. Il l'emprunte en proférant des paroles incompréhensibles. Je sors en trombe au moment où il stoppe la voiture. Je m'enfuis à toutes jambes. Mon dernier espoir de survie. Il me court après en me lançant une pluie d'insultes et de menaces. Il s'arrête pour reprendre son souffle. Il hurle :

« Si tu continues à fuir, je vais déposer plainte à la police. On va te retrouver. Je dirai que tu sors avec un homme. Et je pourrai te tuer pour avoir sali mon honneur de père. »

Je ne sais plus quoi faire. Je sais qu'il en est capable. Je m'arrête. J'inspire profondément. Seuls quelques pas nous séparent maintenant. Il sent que je suis en train de céder. Il en profite pour jouer sa dernière carte : ma mère.

« Fuis autant que tu veux ! Ta mère est à la maison. Je vais lui faire à elle ce que je voulais te faire à toi. Même pire ! »

Je tente de le calmer :

« Papa, pourquoi tu fais ça ? Je suis Hayat, ta fille ! »

Je le fixe droit dans les yeux. J'espère faire naître en lui un brin d'humanité. Il s'approche de moi et tente de m'attirer à lui. Je le repousse avec force et lui lance :

« Tu ne te souviens pas du jour de ma naissance ? Tu… tu… tu m'as appelée Hayat ! C'est moi, Hayat, ta fille. »

Mais il n'entend plus rien. Il ne cherche qu'à me maîtriser, me dominer. Il se rapproche de nouveau. Il me saisit et me jette sur le sol. Il m'étreint de toute sa force. Il déchire mes vêtements jusqu'à ce que je sois complètement nue. Moi, je lutte, je hurle, je me débats. Avec sa main, il étouffe mes cris. Il m'écrase sous le poids de son corps. Je n'ai plus que des larmes pour lui répondre. Le sol sur lequel elles coulent sera le seul témoin du pire visage que j'ai croisé en ce monde. Il s'arrête d'un coup, comme si le cauchemar était fini, comme si rien ne s'était passé. Il me ramène à la voiture et me reconduit à la maison.

Sans un mot.

CHAPITRE III

Salma

La pitié des autres

Pour moi, la nouvelle du mariage de Leila résonne comme un coup de tonnerre. Elle rentre à la maison comme sur un nuage. Elle déambule d'une pièce à l'autre en sautillant à chaque pas. Elle m'enlace avec fougue, elle m'embrasse plusieurs fois et ne cesse de me répéter à quel point elle m'aime.

« Tu es la meilleure sœur du monde ! »

Son attitude me déconcerte. Nous avons beau avoir une merveilleuse relation, avec beaucoup d'amour et peu de disputes, je ne suis pas habituée à de telles effusions.

Je l'interroge du regard, intriguée par cette euphorie. Jamais je ne l'ai vue dans un tel état.

« Devine !

– J'en sais rien, raconte, qu'est-ce qu'il y a ?

– Tu te souviens de cet Irakien si beau dont je t'ai parlé ? Il m'a demandé en mariage aujourd'hui ! »

Je n'arrive pas à croire à cette annonce. Le matin même, je me faisais la réflexion que Leila n'était plus une petite fille et que son jour pourrait arriver d'un moment à l'autre. Le voilà qui arrive et je ressens comme un coup de poignard dans le dos. Je ne peux que cacher ma douleur et avaler la chose en silence. Je devrais être heureuse de cette nouvelle, la plus importante dans la vie de ma petite sœur. Cet événement lui ouvrira les portes de son avenir et, du même coup, il déterminera le mien. Ce n'est pas l'image du mariage de Leila qui me vient à l'esprit. C'est celle de ma solitude. La peur, la jalousie et tout un tas d'autres émotions m'envahissent, pourtant ma raison et mon attachement de sœur m'obligent à me réjouir pour elle.

« Menteuse ! »

Malgré moi, je prononce le mot avec une gaieté affectée, comme si, inconsciemment, je sous-entendais que la nouvelle était trop belle pour être vraie.

Je la serre finalement contre moi, et je fonds en larmes. En moi se mêlent des sentiments contradictoires, mais je ne laisse entrevoir que la fierté d'une sœur aînée pour sa cadette.

Le mois des fiançailles de Leila est un vrai supplice. Je feins l'enthousiasme pour chaque détail, même les plus insignifiants pour cacher tout signe de jalousie. Je suis sa grande sœur, une des personnes les plus proches d'elle, et c'est mon rôle de l'aider pour tous les préparatifs. Je donne mon avis avec réserve, adoptant une attitude positive. J'essaie de la soutenir, d'être à ses côtés chaque fois que la perspective de sa nouvelle vie l'angoisse. Mais plus que tout, plus que jamais, je sens les regards portés sur moi maintenant que mon frère et ma cadette m'ont devancée dans la voie du mariage. Sans parler des reproches que ma mère doit encaisser pour avoir marié la plus jeune avant l'aînée. Je suis surprise par la finesse et la diplomatie de sa réponse :

« C'est son destin. On ne peut rien y faire. »

Mais je devine quand même la pitié dans les yeux des gens. Je les sens chercher des paroles de consolation quand ils s'adressent à moi. Peut-être que je suis simplement trop sensible, que je ne parviens pas à me libérer de ce sentiment d'échec et que je le projette sur mon entourage. Je compte les jours qui nous séparent du mariage. Je redoute déjà la phrase rituelle que les invités me lanceront avec commisération :

« *'Abelik !* La prochaine, ce sera toi ! »

J'ai presque envie d'inscrire sur mon front ma réponse à tous ceux qui me souhaiteront d'être « la prochaine » :

« Allez brûler en enfer ! »

Rana

L'amour après la bataille

Mon histoire avec Jantay évolue à une vitesse incroyable. Les semaines s'écoulent sans qu'on ait besoin de définir la nature de notre relation. Dans ce flou, on se contente de savourer le plaisir de ces moments de tête-à-tête. Plus le temps passe, plus nos rencontres se multiplient entre les murs de la fac. Chaque seconde passée à ses côtés m'attache davantage à lui. La nouvelle a commencé à se répandre parmi les étudiants. Tout le monde meurt de curiosité et cherche à participer aux commérages.

La rumeur parvient à mon cousin en fac de médecine. C'est pour lui l'occasion rêvée d'affirmer son rôle de mâle et de faire étalage de sa virilité. Du jour au lendemain, notre histoire passe du statut d'amitié complice à celui de relation criminelle nous contraignant au mensonge et au secret. Il nous invite tous les deux à prendre un café. Pour l'occasion, il endosse le costume du grand cousin, de l'homme qui doit défendre l'honneur de la famille. Un costume dans lequel il nage encore.

Jamais auparavant il ne m'a montré ce visage. Nous avons à peu près le même âge. Les grands discours sur l'honneur ont toujours été loin de nos préoccupations. Mais aujourd'hui, je découvre une personne que je ne connaissais pas. La société lui donne le droit de définir le cadre de ma vie sentimentale. Il se croit autorisé à intervenir dans mes affaires privées, alors que j'ai à mes côtés l'homme qui a conquis mon cœur et mon esprit, un homme qui m'a séduite par son charisme et sa persévérance. Celui-là même que je vois aujourd'hui coincé dans cette situation délicate, incapable de se révolter ou de contester tous ces discours sur les clans et l'honneur. S'il veut s'affirmer dans ce monde masculin, il doit jouer le jeu. Un jeu machiste où les mâles alpha bataillent pour se rendre maîtres des femelles de la meute. Mon amour pour Jantay offense leur sentiment de propriété à mon égard. Une insulte lancée à tous les hommes de ma famille. Ils ont beau se disputer déjà depuis des lustres pour un problème d'héritage, une affaire comme la nôtre les attire comme des mouches.

En tant que femme, j'incarne l'honneur de la famille que je me dois de préserver. Mais on me considère aussi comme une enfant à qui on ne peut pas confier une tâche pareille. C'est aux hommes de la famille qu'il appartient de garder les oreilles et les yeux grands ouverts, et de lui dicter la bonne conduite pour éviter tout écart. L'honneur est si fragile, si facile à entacher. Mais, en même temps, il est aussi malléable que l'argile. Les hommes l'invoquent à leur guise pour légitimer leur domination sur les femmes. Ils contrôlent leur code vestimentaire, leur liberté de mouvement, leurs horaires de sorties, jusqu'au choix de leurs amitiés, qu'elles soient féminines ou masculines.

Aujourd'hui, c'est à Jantay et à moi de nous soumettre. Ou de faire au moins semblant. Jantay présente ses excuses à mon cousin et lui promet de prendre ses distances avec moi. Mais intérieurement tout notre être, sentiments et raison, refuse d'accepter cette injustice. Nous savons bien que nous ne pouvons pas nous opposer aux injonctions familiales sans que l'un ou l'autre soit blessé. Nous n'avons d'autre choix que de redoubler de prudence à l'université en nous imposant des règles pour nous cacher du monde.

Nous jouons avec le feu et les flammes se rient de nous. Toutes ces nouvelles restrictions ne font que jeter de l'huile sur la braise de notre passion. À l'université, nous faisons entrer dans le jeu une tierce personne pour prouver qu'il ne s'agit que d'amitié et pas d'amour. Hayat et Leila sont devenues les complices de notre histoire. Nous ne pourrions pas continuer à nous voir sans leur présence. Et quand elles doivent s'absenter, nous sommes contraints de nous séparer.

Nous commençons à rêver de moments intimes que nous passerions rien que tous les deux. Nous les planifions comme s'il s'agissait d'organiser notre mariage. La famille de Jantay possède un autre appartement en banlieue, à Rashid, proche du campus de l'université. Pour l'instant, il est encore inhabité. Jantay m'y propose un rendez-vous. Au début, je refuse l'invitation. J'ai peur que quelqu'un nous surprenne ensemble et qu'il moucharde auprès de ma famille. Sans compter qu'une telle intimité, même avec lui, me terrifie. Je sais à quel point je suis attirée par lui, je connais aussi son charme et ma faiblesse. Et je ne nous fais aucune confiance pour arriver à maîtriser notre désir.

Un jour tout change. Nous sommes dans la cour de la faculté d'économie, Leila, Jantay et moi. C'est la pause et il y a foule. Tous les étudiants sortent des salles et se dirigent vers leur prochain cours. Je suis toute à ma discussion avec Jantay quand je sens un garçon passer derrière moi avec deux de ses amis et me tripoter vulgairement. Il vient de caresser mes cuisses d'un mouvement furtif, et il poursuit son chemin comme si de rien n'était. Immédiatement, mon corps se fige. Jantay me lance, inquiet :

« Qu'est-ce qu'il y a ? »

Je sais très bien qu'il vaut mieux que je ravale ma rage et que j'ignore ce geste. C'est la meilleure chose à faire. Si j'en fais part à Jantay, il le prendra comme une insulte. Un affront qui le poussera à se battre avec ces étudiants crasseux, au risque d'être blessé.

« Rien, ne t'inquiète pas. »

Je sais qu'il ne me croit pas, tant ma réaction physique dément mes paroles. Il a déjà tout compris avant même que j'en dise plus. Je l'observe terrorisée tandis qu'il se rue sur l'étudiant qui m'a tripotée et le renverse violemment à terre. Je reste là, figée, paralysée, pendant que Jantay et le garçon se lancent une pluie d'insultes. Jantay a la chance de bénéficier de l'effet de surprise et lui assène des coups au visage. Mais les deux amis de mon agresseur entrent rapidement dans la danse. Jantay a le dessous. Ils le jettent à terre et il ne peut se défendre de l'avalanche de coups de pied des trois gaillards.

Une foule s'attroupe bientôt autour de la bagarre. Un groupe d'étudiants parvient à grand-peine à stopper l'altercation et à libérer Jantay. Après quelques instants, ce sont ses amis à lui qui arrivent et prennent son parti.

À l'université, c'est presque une tradition que les Tcherkesses[4] se liguent pour se défendre. Cela vaut aussi pour les enfants des grandes familles et pour les natifs d'Amman. L'occasion de montrer leurs muscles et de prouver leur loyauté aux clans et tribus auxquels ils appartiennent.

En un instant, deux groupes se forment. Les garçons se lancent des menaces et des gestes de défi. Je comprends que je vais être la cause d'une rixe qui fera des blessés. Et c'est ma réputation qui en sera la seule victime. Je vois le visage et les membres

---

4. Peuple du nord-ouest du Caucase ayant migré dans différentes régions de l'ex-empire ottoman.

de Jantay couverts de blessures et de bleus. Mon cœur se brise. Mais je prends sur moi ; il faut que j'intervienne rapidement avant que les choses ne dérapent davantage. Je fais face à Jantay et le menace :

« Arrête avec tes conneries et tout ce bazar ! Ou alors tu vas oublier jusqu'au son de ma voix ! Je ne laisserai personne salir ma réputation ! Personne ! »

Jantay capte le message. Il agit avec bon sens, là encore. Le cercle d'étudiants se disperse aussi vite qu'il s'est formé, comme si rien ne s'était passé.

Ma passion pour Jantay, elle, brûle comme jamais auparavant. Un mélange de sentiments m'envahit : l'attirance instinctive d'une femme envers un homme qui a défendu son honneur, le respect pour celui qui m'a entendue et a calmé sa colère en retrouvant son sang-froid, mais aussi la culpabilité d'être la cause de ses blessures. Ses blessures le font gémir, et chaque fois je me sens mourir. Jamais je ne pourrais le laisser dans cet état. Sans réfléchir, je le traîne dans l'appartement vide de sa famille. Tout ce qui compte maintenant pour moi, c'est d'être à ses côtés et de soigner ses blessures. Sa lèvre est fendue, son nez est en sang et il a des ecchymoses un peu partout. Je trouve un bout de coton pour nettoyer ses plaies. Mes larmes tombent et se mélangent à son sang.

C'est la première fois que nos corps se touchent. Au fur et à mesure que le rouge teint la compresse, le désir de l'enlacer de toutes mes forces me submerge. Je glisse délicatement le coton sur sa lèvre, sa main frôle la mienne. Il arrête mon geste pour embrasser chacun de mes doigts. Je retire ma main et la pose sur sa joue pour éloigner ses baisers. Je voudrais qu'il continue, mais pas seulement sur mes doigts. D'autres parties de mon corps les réclament, elles aussi en ont besoin. Je le prends dans mes bras, lui relève la tête pour plonger un instant mon regard dans le sien avant que nos lèvres s'unissent. Dans cette étreinte, nous sommes transportés de l'enfer de la douleur au paradis du désir.

Ali

La religion sur mesure

Par avance, je connais les épreuves qui m'attendent sur le chemin que je m'apprête à prendre. Cette peur de l'avenir m'emporte comme un torrent en crue, mais maintenant je ne peux plus y échapper. J'ai pris ma décision et je dois l'assumer. Je ne peux que compter sur Dieu pour m'aider. Il est temps de mettre un terme à la torture quotidienne du péché dans lequel je suis tombé.

Je suis sur le point d'emprunter une voie semée d'embûches. Je ne suis pas sûr de pouvoir les surmonter. Je vais devoir m'arracher le cœur et réduire en miettes celui de la personne que je chéris le plus au monde. Le cœur de Samir, mon ami, mon amour. J'ai toujours été choqué par la capacité des gens à blesser ceux qu'ils aiment, et me voilà pourtant qui m'apprête à briser le cœur de la personne la plus innocente et la plus gentille que j'ai jamais rencontrée. Quelqu'un qui me connaît comme personne ne m'a jamais connu et qui m'aime avec tous mes défauts. Je préférerais mourir plutôt que de le blesser de cette façon, mais je n'ai pas le choix. Je dois lui annoncer ma décision.

Nous sommes dans la chambre d'hôtel où nous avons l'habitude de partager de temps à autre quelques moments d'intimité. Je me laisse aller à notre rituel de retrouvailles. Je ne veux rien brusquer. Il sera temps plus tard. Pendant que je ferme la porte, il se rapproche pour m'étreindre. Je le serre fort contre moi. Je retiens mes larmes. Ce n'est pas encore le moment. Il me dit tout bas que je lui ai manqué, qu'il déteste ce destin qui ne nous autorise que ces rares moments. Je me laisse faire. Je jouis de son corps pour la dernière fois. Sans oser rien dire. Pour la première fois, je trahis sa confiance.

Je ne sais pas lequel est le plus à plaindre. Moi, qui suis conscient de la catastrophe imminente et qui cherche à me faire des souvenirs de ces derniers moments fugaces, ou lui, qui ignore tout de ce qui va se passer, tout entier dans cet instant, sans se soucier de rien ?

Pendant qu'il jouit de mon corps, je cherche à immortaliser ces instants et à les graver au plus profond de mon âme. Nos corps tremblent d'excitation. Nous nous plongeons dans une étreinte de pur amour. Nous sommes perdus dans un tourbillon de passion. Puis la tendresse s'installe. Je caresse sa tête posée sur ma poitrine. Mes doigts jouent avec ses cheveux. Il y a comme une mélodie qui berce nos corps et nos âmes rassasiés.

Vient un moment de silence mêlé d'inquiétude. Quelques minutes s'écoulent. C'est assez pour me ramener à ma conscience torturée qui m'impose de mettre un terme aux jours les plus heureux de ma vie.

« Samir, je vais me marier. »

Il ne saisit pas tout de suite le sens de mes mots. Il doit penser que je délire. D'ailleurs, c'est peut-être ça, je suis en train de délirer, perdu en pleine confusion morale. Comment distinguer le bien du mal ? Comment puis-je attendre de Samir qu'il comprenne mon choix quand je sais que tout ça lui paraît absurde. Dès le début, il a essayé de me persuader du droit de chacun à aimer qui il veut, même une personne du même sexe. Il n'est jamais parvenu à me convaincre.

Depuis l'enfance, dès que je me suis rendu compte de mon attirance pour les garçons, j'ai vécu avec ce sentiment de culpabilité. J'ai passé mon adolescence à nier cette réalité. Je m'obligeais à penser à une fille chaque fois que me prenait l'envie de me masturber. Mon sexe en main, je fermais les yeux et je m'imaginais face au corps d'une fille. Mais je n'éprouvais plus rien et débandais aussitôt. Je continuais à me toucher pourtant. Je faisais défiler dans ma tête une succession d'images de femmes jusqu'à ce que, soudain, surgisse celle d'un homme. Mon désir renaissait d'un coup, mais portant avec lui le goût amer de la culpabilité.

Je me maudissais et me promettais de ne plus céder au péché. Je tenais quelques jours, parfois même quelques mois. Mais l'envie me reprenait, en général sous la forme d'un rêve qui se répétait presque chaque nuit. Dans ce rêve, je me retrouvais dans les bras d'un garçon imaginaire, j'étais envahi de sensations bien plus intenses que ce que je m'autorisais dans mes fantasmes éveillés. Ces rêves me laissaient poisseux et sale. C'était parfois en pleine nuit, mais la plupart du temps je m'en rendais compte au matin. Je filais honteusement à la salle de bain prendre une douche chaude et vite changer de caleçon.

Je me suis tourné vers la prière et le jeûne, convaincu que ces désirs n'étaient qu'une épreuve divine, et qu'ils finiraient par s'atténuer et disparaître avec le temps. Il me parvenait des échos de situations similaires à celle que je vivais. Je refusais désespérément de faire le lien avec moi-même. Les gens n'avaient que des mots péjoratifs pour les décrire. Moi-même, je les avais entendus et répétés quand on s'insultait entre copains dans les ruelles de mon quartier. « Enculé », « pédé », « tapette ». Plusieurs avaient une connotation culturelle. Dans les journaux, je lisais des mots comme « sodomite », « homosexuel ». Des termes étrangers faisaient leur apparition, comme « gay » ou « queer ». Et moi, qu'est-ce que j'étais ? Je n'en avais aucune idée. Pourtant, tous ces mots désignaient la même chose et tous me visaient alors que je ne connaissais rien au sexe. Quel péché avais-je donc commis pour mériter de telles étiquettes ?

Ce combat intérieur m'a tourmenté pendant des années. J'ai tenté de me persuader qu'en devenant un homme mûr j'échappais à tout risque de porter ce genre d'étiquettes. Elles s'appliquaient à des hommes efféminés et maniérés, et j'étais le contraire de tout ça. J'étais fier de ma virilité et la mettais en avant. Les signes de l'âge adulte se sont manifestés plus tôt pour moi que pour la plupart des garçons de mon âge. La barbe a commencé à pousser dru sur mon visage. Des poils épais sont apparus sur ma poitrine puis ont couvert une partie de mes épaules et de mon dos. Ma taille a dépassé celle de beaucoup d'hommes. Ma voix s'est faite plus grave, elle a gagné en puissance. J'en tirais une autorité nouvelle. Celle d'un homme dans une société qui célèbre la virilité. Mais cette apparence cachait une partie de mon identité. Personne ne pouvait faire le rapprochement entre moi et le stéréotype de l'homosexuel, forcément efféminé. C'était d'ailleurs ce à quoi je me raccrochais pour me convaincre que toutes ces appellations ne pouvaient m'être appliquées. Je me répétais que je n'étais pas gay. Mais tout ça était bien fragile et le temps et mon envie de mieux me connaître ont détruit mes certitudes.

Au fond de moi, je n'ignorais pas ce que signifiaient tous ces termes : l'attirance d'un homme pour un autre. Mes intuitions se sont confirmées quand j'ai commencé à chercher sur internet la définition scientifique de l'orientation sexuelle. Les indications en langue arabe étaient limitées. Face à cette carence des pages orientales, il m'a été bien plus facile de trouver des informations en anglais. Le terme « gay » était relativement nouveau dans le monde arabe. On n'avait pas encore trouvé de public sensible à ces questions et prêt à les médiatiser chez nous. Surtout dans une période où la sexualité en général était devenue *haram*. Notre relation à l'Occident était devenue un sujet sensible et souvent teinté de critique morale.

Plus j'avançais dans mes lectures, plus les choses s'éclairaient. J'ai été rassuré quand j'ai découvert que l'*American Psychological*

Association considérait l'attirance pour le même sexe comme parfaitement naturelle, qu'elle n'était pas inscrite au nombre des maladies nécessitant traitement. Mais j'ai été vraiment désappointé en lisant que l'orientation sexuelle ne pouvait pas changer, et au début, je n'y ai pas cru.

Je me suis adressé à un psychothérapeute quand j'ai commencé à gagner assez d'argent pour subvenir aux besoins de ma famille. Lorsque pour la première fois j'ai dû exprimer à voix haute, et non plus intérieurement, la nature de mes pulsions, j'ai été terrifié. En parler m'a fait prendre conscience de la réalité de cette situation. De la nécessité de la gérer, aussi. Le médecin ne souscrivait pas aux théories sur l'orientation sexuelle que j'avais lues sur internet. Il a balayé le réconfort que j'avais tiré de la découverte qu'il ne s'agissait pas d'une maladie mentale. Il m'a convaincu que j'avais besoin d'une thérapie. Que lui pouvait me prodiguer. Et voilà que l'espoir renaissait en moi, avec ce désir d'une vie sans crainte d'un jugement divin.

Il m'a demandé de faire des tests sanguins, puis il m'a fait passer sous un nouvel appareil de sa clinique pour étudier mon cerveau. Il m'a rassuré en m'affirmant que celui-ci était biologiquement sain, mais que j'avais toutefois besoin d'une psychothérapie intense. Il m'a prescrit des médicaments contre la dépression, même si à l'époque je n'en souffrais pas. Il m'a expliqué que ce traitement allait briser ma résistance psychologique et qu'en quelques séances je serais guéri.

J'ai entrepris cette thérapie, déterminé à faire tout ce qu'il fallait. Chaque séance me coûtait une fortune. Mais à cette époque, je ne me souciais pas de l'argent. Ma seule préoccupation était de suivre les prescriptions du médecin, et mon seul désir était de me libérer de ma perversion.

Il m'a demandé si j'avais déjà eu des rapports avec des hommes. Pour lui, l'homosexualité n'était rien d'autre qu'une addiction dont il fallait briser le cercle vicieux : on commence par avoir envie de toucher la main d'un homme, on cherche ensuite à l'embrasser, puis on finit par en vouloir toujours plus. Exactement comme avec le tabac : on commence par une bouffée et on finit par un paquet par jour.

Après dix séances, je n'ai pas été convaincu du résultat. Les antidépresseurs m'avaient plongé dans un état euphorique auquel je n'étais pas habitué. Durant nos séances, je demeurais béat et indifférent. Il a essayé de me faire me remémorer mon enfance pour creuser des événements qui, selon lui, auraient pu avoir une influence sur mon orientation sexuelle. Il m'a demandé si j'avais été victime d'abus sexuels. Je lui ai dit que non. Il est revenu plusieurs fois sur la question, et il a insisté pour que nous revisitions ensemble toutes les relations que j'avais eues durant ma jeunesse, pour le cas où j'aurais inconsciemment occulté un souvenir révélateur. Il n'était pas satisfait de mes réponses, car il était persuadé que les personnes homosexuelles l'étaient devenues suite à un traumatisme causé par un viol durant leur enfance. Ce n'était pas du tout mon cas !

Comme il ne trouvait pas de confirmation à sa théorie, il a creusé celle de l'absence du père. La perte du mien dans mon jeune âge, lors de la guerre entre l'Irak et l'Iran, lui a donné cette fois du grain à moudre. Il m'a expliqué que j'avais perdu un homme qui aurait été pour moi un référent au cours de mon développement personnel, et que mon attirance pour les hommes compensait ce manque. Son explication m'a d'abord paru logique mais, après quelques séances de plus toujours sans résultat, je me suis mis à douter de sa façon de penser.

C'est à cette époque que j'ai commencé à fréquenter d'autres homosexuels. J'essayais de faire le lien entre les théories de mon thérapeute et leurs propres expériences. Certains avaient perdu leur père dans leur jeunesse, au cours d'une guerre ou lors d'autres drames. D'autres avaient été victimes de viol étant enfants. Mais il y avait tous ceux qui n'avaient souffert d'aucune de ces causes décrites par le médecin. J'ai repris mes recherches, et j'ai découvert qu'il n'y avait pas de lien avéré entre l'expérience d'un viol ou l'absence d'un père et l'homosexualité.

Et un jour, j'ai rencontré Michael, un journaliste américain gay. Il était en Irak pour couvrir les massacres sanglants qui avaient commencé après la chute de Saddam Hussein. Michael a été choqué quand je lui ai fait part des méthodes utilisées par mon thérapeute pour me guérir de l'homosexualité. Ça l'a exaspéré. Il m'a mis fermement en garde contre les dangers de ces médicaments pour ma santé mentale.

« If that therapist had been in the USA, they would have withdrawn his license ! »

Si ce thérapeute avait été aux USA, on l'aurait frappé d'une interdiction d'exercer !

Il m'a averti que mon psychologue utilisait des thérapies obsolètes dont les échecs étaient patents. Qu'il m'exposait à de réels dommages, en cherchant simplement à s'enrichir avec les sommes que je lui laissais à chaque séance. Les médicaments, avait-il continué, risquaient de provoquer une addiction et de causer une impuissance sexuelle. Il était persuadé que mon orientation était tout à fait naturelle et qu'il fallait que je l'accepte et que j'apprenne à vivre avec.

Je me suis senti complètement dupé. De quel droit ce médecin se permettait-il de trahir une personne qui se confiait à lui corps et âme ? Est-ce consciemment qu'il avait exploité ma faiblesse ? Parce qu'il se savait intouchable ? Comment pourrais-je faire confiance à d'autres médecins après avoir été trompé de cette façon abjecte ? Combien de médecins profitaient-ils ainsi de leurs patients pour s'enrichir ? Jusqu'à quand le corps médical allait-il refuser les avancées scientifiques pour des raisons morales ? Quels critères pour juger de la validité de la science ? Les textes religieux et leur exégèse devaient-ils être notre seule référence ?

J'ai voulu arrêter les séances, mais le médecin a exigé que je continue. Il a menacé de parler à ma famille si je ne poursuivais pas la thérapie, et cela en avançant un argument religieux : sa conscience ne lui permettait pas de me laisser commettre des actes que Dieu condamnait. J'ai joué le jeu. Je lui ai affirmé que je me sentais mieux, que je n'étais plus du tout attiré par les hommes. C'était la seule manière de me débarrasser de lui. Je me suis forcé à sourire et à le remercier pour ses bons soins !

Je suis sorti de la clinique en le maudissant, lui et son diplôme qui lui donnait une telle autorité sur la vie des gens.

J'ai laissé tout ça derrière moi. Mais le sentiment de culpabilité continue de me hanter. Les théories scientifiques sur l'homosexualité ne m'intéressent plus. Tout ce qui m'importe, c'est ce que Dieu en pense ; sur ce point, je ne me suis jamais senti à l'aise, même après être tombé amoureux d'un homme. Parfois, j'essaie de ne pas y penser : de toute façon, nous risquons tous le feu éternel, mais Dieu est miséricordieux, clément et juste. Il me connaît mieux que personne. Juger est facile, mais celui qui ne connaît pas la honte d'être homosexuel n'en éprouvera jamais l'amertume. J'essaie de me racheter par le jeûne et la prière. Je reste chaste pendant le ramadan. Samir s'en étonne, mais il respecte mon choix. Parfois il me taquine, car je suis loin d'observer à la lettre les préceptes de l'islam ; pour lui, on ne peut pas piocher dans la religion seulement ce qui nous arrange. Je suis d'accord avec lui, mais je sais aussi que nul n'est parfait, et que personne ne peut suivre à lettre toutes les prescriptions de la foi. Chacun fait ce qu'il peut.

Je ne suis pas le seul. J'ai un ami qui pratique le jeûne mais ne prie pas, qui boit de l'alcool mais ne mange pas de porc. Un autre prie, jeûne et ne mange pas de porc, mais il a des relations sexuelles hors mariage. Tout le monde a son point faible, et le diable sait très bien en jouer.

On est comme des couturiers, chacun se taille une religion sur mesure. Mais sans cordonnier pour nous chausser, nous serions tous pieds nus, nous disputant sur le chemin à prendre.

Aujourd'hui, je me remets sur la voie juste, c'est ce que tout le monde souhaite. Non seulement par scrupule religieux, mais aussi pour répondre aux attentes de mon entourage. Pour satisfaire une société qui tolère mal un célibataire de mon âge, pour rendre heureuse ma mère en réalisant enfin son rêve de me voir marié, pour dissiper ma peur de vivre seul sans famille avec pour perspective un avenir funeste. C'est sans doute la solitude qui m'angoisse le plus. M'imaginer seul, vieux et sans enfant, me terrifie.

Samir reste sans voix.

« Bonne chance, alors. »

C'est tout ce qu'il parvient à dire. Il se lève et sort. Moi, terrassé, je viens de m'enfoncer un poignard en plein cœur.

Hayat

Abusée par mon père

Il se précipite dans sa chambre en claquant la porte derrière lui. Il n'a pas prononcé un mot de tout le trajet. Il a l'air aussi secoué par son acte que moi. Je tremble de tout mon corps sans pouvoir me contrôler, comme hystérique. En rentrant, mon premier réflexe est de filer prendre une douche. Je me sens si sale. J'ai toute la crasse du monde sur ma peau. Les relents de son odeur infecte imprègnent tout mon corps. J'ai envie de vomir.

Je me déshabille. Je me glisse sous la douche pour effacer toutes les traces qu'il a laissées sur moi. Mais elles s'accrochent à moi comme un démon au corps d'une possédée, malgré les frissons qui me secouent et toute l'eau qui se déverse sur moi. Je le sens encore tout contre moi, toujours présent et impitoyable. Je frictionne ma peau furieusement. Avec une éponge rugueuse, comme si sa texture pouvait extraire de mes pores toute la saleté de mon père. Je me frotte, avec acharnement, jusqu'au sang. De nouvelles blessures s'ajoutent à celles qu'il m'a infligées. Mais elles sont d'une autre espèce. Je veux que cette douleur couvre la précédente. Qu'elle efface tout souvenir de la réalité. Le sang se mélange à l'eau, troublant sa transparence. Satan prend un malin plaisir à donner de moi une image venue de l'enfer. Il joue avec ses pinceaux. Des filets de sang s'écoulent le long de mes cuisses. Et je comprends soudain. Le diable vient de mettre la touche finale à son tableau. J'entends son ricanement, et surgit cette question que je n'ai pas encore eu le courage de formuler :

« Est-ce que mon père m'a ravi ma virginité ? »

Immédiatement, je n'ai plus que ce doute en tête. C'est maintenant ma plus grande angoisse de toute cette nuit. Je cogne ma tête contre le mur à plusieurs reprises. Coûte que coûte, je veux me défaire de cette idée. Rien que d'y penser me rend folle. Maintenant, je frappe du poing le mur de la douche. Je laisse échapper un cri :

« Non, papa, non… »

Pendant un instant, je manque de m'évanouir. Soudain dans ma tête une autre voix domine l'autre. Elle balaie la question et la chasse de mes pensées. Elle la mure dans les tréfonds de mon subconscient. Je suis terrifiée à la seule idée d'approcher cette zone. J'y ai enterré trop de drames ces dernières années. Cette voix m'est familière. Grâce à elle, j'ai su enfouir au fond de moi les moments les plus sombres de ma vie. Je dois vivre avec ce passé troué d'ombres. Malgré tout, mon âme déglinguée fonctionne encore.

Après la douche, je m'enveloppe dans plusieurs couches de vêtements, comme si je voulais encore protéger mon corps des mains de mon père. Je veux l'engloutir, pour ne plus en aucune façon sentir sa présence. J'aimerais n'avoir plus de corps. Plus de chair ni de sang. Je me glisse dans mon lit. Encore des épaisseurs, celles des draps, des couvertures. Un abri pour le faire disparaître, lui, et le monde avec.

Je cherche le sommeil sans y parvenir. D'habitude, c'est dans ces moments que mon angoisse refoulée ressurgit. Cette nuit, sa voix est particulièrement forte. Je l'entends, plus claire et virulente que jamais.

Est-ce que mon père m'a ravi ma virginité ?

Comment affronter cette interrogation si je ne peux pas en supporter la réponse ?

Il faut choisir. Je dois créer une nouvelle réalité où se noieront mes doutes. Mon père ne sera pas celui qui m'aura ravi ma virginité. C'est le seul moyen de m'en sortir, quoi qu'en dise la voix dans ma tête.

J'ai une bouée de secours, c'est Qais. Je vais m'offrir à lui. Et cela me sauvera.

Je saisis mon téléphone posé sur la commode à côté de mon lit. Mes doigts composent le message de ma rédemption :

« Qais, réserve-nous une chambre d'hôtel pour demain. Je suis prête à tout ce que tu veux. »

CHAPITRE IV

Leila

'Arous

Vous oubliez vite la dure réalité quand la vie avec ses surprises vous entraîne dans un monde de rêve. Comme celui que j'ai vécu les jours qui ont suivi la proposition d'Ali. Délivrée de toute angoisse, je me laisse porter par une douce allégresse. J'ai accompli mon devoir et j'obtiens enfin tout ce que je peux espérer en ce monde. Elles sont déjà loin mes laborieuses années d'université, mon ambition professionnelle, et mon besoin de reconnaissance. Tout ça, aujourd'hui, c'est comme si ça n'avait jamais existé.

Comme si le chemin qui s'ouvrait devant moi était parsemé de pétales de roses. J'aurai bientôt le meilleur diplôme qu'une femme puisse espérer : un certificat de mariage.

Comme une reine qu'on vient de couronner, j'accède à mon trône et j'attends avec impatience qu'on m'y présente mon avenir. Dorénavant, on s'adresse à moi avec le titre de *'Arous.*

Je vais jouir de ce joli nom pendant les quelques mois qui précéderont et suivront la fête des fiançailles et du mariage.

« *'Arous* », comme j'aime la musique de ce mot ! Elle fait résonner à mes oreilles ce titre sacré venu du fond des âges.

Au cours du temps, les hommes en ont fait le pivot de leurs sociétés et de leurs cultures, avec des rites, des chants et des légendes. C'est comme Amman aujourd'hui. Sans cesse les générations s'y succèdent, préservant son héritage historique, chacune apportant sa pierre à son élévation culturelle et intellectuelle.

Je suis une *'Arous.* Je peux être fière d'avoir joué mon rôle dans la société avec les félicitations du jury. J'ai été la meilleure dans ma promo. J'ai décroché un emploi honorable. Et désormais je peux avancer fièrement avec un homme à mes côtés, un homme doté de qualités rares, beau, généreux, attentionné et cultivé. Il vient d'une des familles les plus prestigieuses d'Irak.

Son prénom sonne à mes oreilles comme une douce mélodie. Ali, oh que j'aime cet homme ! Son caractère calme et serein, et cette gentillesse que j'ai si peu vue dans la gent masculine. Quand je l'écoute, je me sens fondre. À ses côtés, je ne crains plus rien. J'adore sa peau hâlée et ses bras puissants. Quand il les tend vers moi, je meurs d'envie de me blottir contre sa poitrine. Sa présence me met dans un état que je n'ai jamais encore éprouvé, une excitation à laquelle je peux enfin m'abandonner. J'attends avec impatience le moment où, dans ses bras, je deviendrai pleinement femme.

Je vis des jours de bonheur inouï depuis sa proposition de mariage. Cette joie intense me fait même perdre le sommeil. Je n'ai jamais goûté à un tel sentiment. J'ignorais même qu'il puisse exister. Ce soir, je pose ma tête sur l'oreiller et je souris. Je reste comme ça pendant toute la nuit. Mon sourire, me dit Salma, est comme un croissant de lune. Couchée sur son lit, elle m'imite. Elle affiche un sourire niais, puis se tortille dans tous les sens, comme trop excitée pour dormir.

Nous explosons de rire. Je fonds sur elle pour la serrer contre moi.

« Salma, *habibti* ! Tu vas me manquer ! Plus que tout le monde ! »

J'en ai les larmes aux yeux. Plus que tout le monde, c'est sûr. Plus que ma mère et mon père. Elle et moi, nous partageons la même chambre depuis ma naissance. Malgré notre différence d'âge, nous avons toujours été très unies et nous le serons pour la vie.

Petite, je la suivais partout, même quand elle jouait avec des copines de son âge. Et quand l'écart des années a cessé de nous éloigner, nous sommes devenues inséparables dans le quotidien et confidentes de nos sentiments, de nos rêves et de nos angoisses. Aujourd'hui, elle est à mes côtés et veille avec moi à tous les détails des préparatifs pour mes futures noces.

Malgré toute cette excitation, je ne ressens aucune inquiétude à l'approche de la prochaine étape inévitable : la rencontre entre les deux familles. Bien au contraire, je suis impatiente de faire enfin la connaissance de la mère et des sœurs d'Ali. Nous prenons rendez-vous à l'occasion du passage de son oncle venu de Bagdad. Les deux familles se réunissent suivant la coutume, et bien sûr je suis au cœur de la discussion.

Mon nom est sur toutes les bouches. Cette fois je ne me sens plus comme un ballon que chacun se renvoie, mais plutôt comme un papillon virevoltant dans un champ de fleurs qui m'accueillent avec amour. Je frémis de bonheur aux doux mots échangés, et je savoure chaque propos. Même les exagérations de maman concernant mes talents de maîtresse de maison et celles de la mère d'Ali sur leur statut social et sur le succès de leurs affaires ne parviennent pas à assombrir mon humeur.

Je découvre ma nouvelle existence de fiancée, un statut qui m'impose désormais de me fixer de nouvelles priorités, Ali étant devenu l'axe qui détermine tous mes choix.

Je néglige mes amies. Je me demande si je me suis éloignée parce que je suis trop occupée avec les préparatifs des fiançailles, du mariage et de notre foyer ou parce que, volontairement ou non, j'ai moins besoin d'amis célibataires avec mon nouveau statut de femme en passe d'être mariée. Nos centres d'intérêt divergent tant aujourd'hui.

Les moments passés avec Hayat et Rana s'espacent. De plusieurs fois par semaine, nous sommes passées à deux fois par mois, au mieux. Au début, nous discutions régulièrement par téléphone ; je leur parlais d'Ali, de nos plans, des détails de la fête, et je terminais en m'excusant et en promettant de trouver du temps pour qu'on se voie. Pendant les mois de fiançailles, nos coups de fil se sont faits de plus en plus rares et nos rencontres ont été pratiquement inexistantes. Nos échanges téléphoniques sont devenus de pure convention, ne tenant plus que par le souvenir de nos années d'amitié. D'où ma surprise quand Hayat m'a appelée deux jours avant le mariage et a insisté pour me voir.

« Il y a une chose à propos d'Ali que tu dois savoir. Je ne peux pas te le dire au téléphone. Il faut qu'on se voie ! »

Au lieu de m'inquiéter, cet appel m'a mise plutôt hors de moi. Elle veut parler de quoi qui ne peut pas attendre après le mariage ? Pourquoi elle insiste comme ça pour qu'on se rencontre tout de suite ? Elle ne peut pas m'en parler au téléphone ?

Ah, ces filles !

Je soupire. Pour me rassurer, je me convaincs qu'il doit s'agir d'une histoire de jalousie entre copines...

Rana

Une femme nouvelle

Après notre nuit, je me retiens d'embrasser Jantay à chacune de nos rencontres. Le premier baiser a été inoubliable. Le souvenir de cet instant m'accompagne pendant plusieurs jours où je reste perdue dans mes pensées. Je le repasse en boucle en essayant de saisir les implications de ce baiser pour nous et pour le reste du monde. Je me sens transformée. Bien sûr, je suis capable de concevoir objectivement les choses et de me dire que j'ai le droit d'embrasser l'homme que j'aime. Mais je dois me demander aussi ce que Jantay pense de moi après ce baiser. L'amour et le respect qu'il me porte ont-ils changé ?

Me voilà en terres inconnues. Avec un seul baiser, j'ai modifié sans le vouloir mon regard sur moi-même. Maintenant, je perçois toutes les contraintes sociales qui m'échappaient auparavant et dont je n'avais pas mesuré la portée. Je suis pleine de désirs, mais en complet désaccord avec ma situation et toutes les valeurs qu'on m'a inculquées.

Ce que proclame la tradition commence à me hanter. Avant tout, qu'un homme perd tout respect pour une femme quand elle s'offre à lui avant le mariage. Devant Jantay, je me sens maintenant stressée. J'analyse ses gestes, ses mots. Je guette le réconfort d'un signe qui m'indiquerait que rien n'a changé, que son amour est toujours le même. Lui est sur une autre planète. Mon attitude après notre baiser semble le dérouter. Comme si je cherchais à lui coller une étiquette de macho qu'il refuse.

« Quelle confiance ! Moi aussi je pourrais avoir peur que tu me voies différemment ! Que tu ne me considères plus comme un mec bien ! »

C'est mon audace et ma liberté qui l'ont d'abord attiré. Ça lui a sauté aux yeux le jour où je l'ai abordé sous le prétexte de faire des photocopies de ses notes de cours. Il a aimé mon discours précipité et mon élan maladroit. Et aussi mes habits audacieux et mes cheveux courts teints en rouge.

« J'ai su que tu n'étais pas comme les autres filles dès l'instant où j'ai posé mon regard sur toi et sur tes cheveux rouges. Pourquoi tu veux leur ressembler maintenant ? »

Ces paroles me rassurent et me donnent une confiance que je n'avais jamais eue. Une confiance qui me fait renouer avec le goût que j'ai de briser les règles et les habitudes. Grâce à elle, je franchis le pas et m'abandonne à un deuxième, puis à un troisième baiser. Puis à tout ce qui me fait découvrir mon corps de femme.

Pourtant, j'ai besoin de semaines, même de mois, pour dépasser les résistances psychologiques liées à mon corps. La culpabilité me poursuit après chacune de nos rencontres. Chaque fois, je me renferme dans mon coin et je prends mes distances pour quelque temps. Les jours passent et le désir renaît peu à peu, plus pressant encore. Je finis par appeler Jantay et par lui demander qu'on se voie. Je me suis tellement attachée à lui, et les retrouvailles de nos corps tiennent maintenant une place essentielle dans notre relation.

Dans ses bras, je découvre une intimité que je n'ai jamais éprouvée auparavant. Le simple contact de nos peaux suffit à me libérer de toutes les tensions résultant de disputes ou de divergences d'opinions. Chaque jour passé loin de lui accroît mon anxiété, et le besoin de le revoir renaît. Je brûle de sentir la présence de son corps contre le mien et de ne plus penser à toutes les considérations qui mettent en danger notre amour.

On a toujours peur de ce qu'on ignore. Mais on est aussi capable d'un effort d'adaptation face à l'inconnu pour retrouver sa sérénité.

Si, au départ, je redoutais de me rendre dans l'appartement de Jantay, aujourd'hui c'est un soulagement de retrouver notre refuge. Mes visites deviennent une routine ; je n'y trouve plus rien d'inconvenant. Je passe la porte comme si je rentrais chez moi.

La crainte des contacts physiques m'a quittée, mes barrières morales sont tombées, et désormais j'obéis à mon corps qui connaît son désir sans plus d'appréhension. Ma virginité reste la seule limite qu'on a convenu de préserver, sans même nous concerter. Pendant des mois, nous respectons cette ligne symbolique, jusqu'à ce qu'elle disparaisse, emportée par le feu de notre passion et par notre excitation à braver l'interdit. Jusqu'à cette nuit où nos corps se mêlent enfin, plongeant dans un océan d'amour. Un an après notre première rencontre.

Pour fêter cet anniversaire, Jantay me fait la surprise de préparer un dîner à l'appartement. Il a arrangé une ambiance et un décor comme je n'en ai vu que dans les films et les séries américaines : lumières tamisées, bougies et musique douce. D'un iPod sort la voix de Wael Kfoury dans notre chanson préférée. *Law Hobna Ghalta,* « Si notre amour est une erreur ». C'est comme s'il chantait rien que pour nous, comme si nous exigions des autres qu'ils nous laissent nous aimer en paix même s'ils nous jugent dans l'erreur. Il a préparé le dîner et dressé la table. Depuis longtemps, il m'a promis qu'il me cuisinerait une recette tcherkesse.

« Ha, ha, alors c'est ça, la fameuse *shipsu pasta* !

– Oui, *habibti,* la voilà. Goûte-la et dis-moi comment tu la trouves !

– Et tu as pris aussi du vin !

– Pour que la fête soit digne de ce nom, *habibti,* ma chérie. »

Une des plus belles nuits de ma vie. J'en grave chaque détail dans ma mémoire. Tout est parfait et si paisible. Sur le canapé, après le dîner, je me jette dans ses bras. Ça fait un mois qu'on ne s'est pas vus en tête à tête. Et j'ai une envie dévorante de l'embrasser. Nous échangeons d'abord de petits baisers qui se font bientôt plus fougueux avec la passion qui nous submerge. Il m'entraîne vers la chambre. Il a étendu son corps sur le mien, et m'a serrée dans ses bras. Il pose son front contre le mien et sa bouche se colle à la mienne. Je suis à la merci d'un corps que je désire de tout mon être.

Peut-être est-ce la passion, une pulsion ou bien une décision prise sur un coup de tête. Peut-être est-ce l'alcool ou est-ce l'amour. Mais cette nuit, à ce moment précis, toute ma détermination à respecter l'ultime limite s'évanouit devant l'envie de le rendre heureux. Je ne veux plus qu'une chose, le sentir pleinement homme et moi, pleinement femme. Cette nuit, je me dévoile comme jamais auparavant. Je lui murmure à l'oreille :

« Je suis prête. »

Lui aussi est prêt. Et nos corps se fondent l'un dans l'autre. Je suis traversée par une douleur mêlée de plaisir. Et une femme nouvelle naît en moi.

Salma

Un monde insipide

« Parfois Dieu offre de la viande à ceux qui n'ont pas de dents. »

Ça doit être la saison où les journaux décident de couvrir le sujet des enfants abandonnés. Il ne se passe pas un jour sans que je lise qu'un énième nouveau-né a été laissé devant la porte d'une mosquée, à côté d'une benne à ordures, ou même sous le pont Abdoun. Ces derniers temps, les cas se sont bizarrement multipliés, et chacun y va de son analyse pour expliquer l'ampleur inédite de ce phénomène social.

Des écrivains aux réseaux sociaux, ou des simples discussions de rue, les commentaires sur le sujet fleurissent un peu partout.

Certains pointent du doigt la situation économique difficile qui pousserait les mères à se débarrasser de leurs enfants, n'ayant pas de ressources suffisantes pour les nourrir. D'autres affirment que c'est le résultat d'une décadence morale de la société, trop influencée par l'Occident, via les chaînes étrangères, internet et les téléphones portables. Il y a des intellectuels qui font le lien avec les crimes d'honneur : les familles redoutent l'opprobre et les filles craignent d'être assassinées si on venait à découvrir leur grossesse hors mariage. Pour d'autres enfin, il s'agit seulement d'une marotte de la presse, encouragée par la curiosité malsaine des lecteurs. À leur avis, ce serait un phénomène qui aurait toujours existé dans notre société et qui serait loin de disparaître. Les journalistes auraient simplement trouvé un sujet vendeur, et l'engouement du public les aurait incités à en rajouter.

Pour moi, c'est l'image de ma Yasmine qui me vient à l'esprit chaque fois qu'on signale l'abandon d'un bébé. Je rêverais de pouvoir rassembler ces petits et les abreuver de tout l'amour que leurs mères leur ont refusé. Emportée par mon imagination, je me vois parcourir les rues d'Amman, cherchant au milieu des ordures un enfant dont les pleurs brisent mon cœur et font fondre mon âme. Je me précipite pour secourir l'enfant et pour le bercer. Ses traits se font plus nets, et soudain apparaissent ceux de la petite fille à qui j'ai donné le nom de Yasmine. Je la ramène chez moi. Des coups et des cris retentissent à la porte. Un groupe d'hommes fait irruption dans la maison et m'arrache le bébé, affirmant que sa place est à l'orphelinat, qu'une célibataire n'a pas le droit d'élever un enfant seule, bien qu'elle lui porte toute la tendresse du monde.

Un article m'a interpellée dans un journal avant-hier. Un fonctionnaire du ministère des Affaires sociales y expliquait que même si on octroie presque exclusivement la garde des enfants à des familles, il n'y a rien dans la loi qui empêche une célibataire d'être candidate à l'adoption. Deux femmes jordaniennes avaient ainsi réussi à obtenir le droit de garde d'un enfant.

L'idée m'est restée dans l'esprit et y a fait naître une série de questions : me serait-il donc possible de déposer seule, sans être mariée, une demande de garde d'un enfant ? Mes proches se réjouiraient-ils avec moi ? Qui parmi eux prendrait mon parti ? Ma mère me soutiendrait-elle ? Mon père serait-il d'accord ? Et Leila ? « Non » me semble la seule réponse logique à toutes mes questions. Ils me prendraient pour une folle et se moqueraient de moi. Et si je persistais dans ce projet, il est probable qu'ils s'y opposeraient par la force.

Mon avenir s'annonce bien lugubre. Je vais rester seule dans la maison de mon père, prisonnière à jamais des chaînes de la société. Après une longue vie, mon père s'éteindra. Mon seul refuge sera alors la maison de mon frère. Sous son autorité et celle de sa femme.

La vie a perdu son goût. L'angoisse de ce qui m'attend paralyse mon cœur. Le regard des autres, leurs commentaires, tout me blesse. Je me sens une ratée. La dépression me plombe. Je n'ai plus de plaisir dans ce monde. Les jours se ressemblent tous. Qu'ils soient longs ou courts, je ne saurais le dire ; ils passent sans saveur, odeur ni couleur.

Toutes mes amies se sont éloignées après leur mariage. Elles sont tellement occupées par leur foyer, leur mari et leurs enfants. Même Leila est complètement accaparée par son fiancé. Bien qu'elle tente de me faire participer à tous les préparatifs de son mariage, je sens qu'elle prend ses distances. Elle a ses propres tracas.

Maintenant que Leila est casée, ma mère est systématiquement sur mon dos. Je suis devenue sa seule préoccupation et mon mariage est devenu son obsession. Elle n'en finit pas d'organiser par l'intermédiaire de ses amies des rendez-vous avec des prétendants. Elle insiste pour que je leur donne une chance, même s'ils ne me plaisent sur aucun plan.

Elle ne voit aucun défaut chez les hommes qui me manifestent de l'intérêt. Rien n'est pire pour elle que le célibat. La laideur d'un homme n'est plus un défaut. Le surpoids n'est plus un défaut. L'âge n'est plus un défaut. La vulgarité n'est plus un défaut. Même le dicton « le seul défaut d'un homme, ce sont des poches vides » ne trouve chez elle aucun écho.

C'est la même chanson à longueur de journée. Elle m'accuse d'être méprisante et irréfléchie. Elle me dit que je vais le regretter plus tard. Que dans quelques années je me repentirai de mon arrogance, que la valeur d'une fille est inversement proportionnelle à son âge, et donc ses chances aussi. Elle en rajoute une couche me rappelant toutes les humiliations que j'ai vécues.

« Tu te souviens du mariage de Nasrine ? Elle t'a mise à la table des gosses. Parce que tu étais la seule célibataire parmi les invités ! »

« Tu te souviens du jour où le pneu de la voiture a crevé et où le voisin qui venait de se marier est descendu t'aider ? Sa femme s'en est prise à toi et lui a fait une scène. »

« Tu te rappelles le dernier Aïd, comment toutes les filles sont arrivées avec leurs maris et leurs fiancés, et combien tu t'es sentie seule ? »

Ces moments pénibles continuent à m'attrister et leur souvenir m'affecte plus que je ne l'aurais cru. Ma mère se sert de mes blessures pour me faire accepter n'importe qui. Elle veut à tout prix me voir en robe de mariée. Tout le monde attend ça. Je ne suis pas contre le fait de me marier, mais pas n'importe comment.

Je ne sais pas d'où m'est venue l'idée folle qui me tient maintenant. Je ne sais pas comment elle a germé et a fini par contrôler mes pensées en quelques jours. Peut-être que c'est dû à ma détresse, ou peut-être qu'il me faut fuir une vérité que je n'arrive pas à affronter.

Je me sens étranglée, ligotée, paralysée. Devant des mains tendues de toutes parts vers mon cou, je ne parviens plus à bouger. Elles cherchent à m'enlever mes bouées de secours. Je voudrais hurler, me révolter, échapper à ce monde. Je n'y vois plus que menaces et trahisons. Et le pire, c'est que ces menaces et ces trahisons viennent toutes des personnes qui me sont les plus proches.

Mariée vous me voulez, et mariée vous m'aurez ! Le jour du mariage de Leila, il n'y aura pas une seule célébration, mais deux !

Deux noces, deux mariées, deux fêtes.

Salma et Leila, la même nuit.

Sois contente, maman, je vais faire en sorte que tous tes vœux se réalisent le même jour !

Hayat

Le fantôme de mon père

Dans la chambre d'hôtel, blottie dans les bras de Qais, j'ai l'impression de tromper mon père. Comme si ce soir mon seul but était de le punir pour tout ce qu'il m'a fait souffrir. Je lui fais payer la douleur qu'il m'a infligée en m'offrant à un autre homme qui m'entraîne loin de lui.

Ma tête bourdonne de souvenirs pendant que Qais me fait l'amour. Il n'est pas le seul homme présent dans la pièce : le fantôme de mon père rôde autour de moi. L'écho de sa voix résonne dans mes oreilles. Au moment où les doigts de Qais effleurent mes seins, une vision surgit dans ma tête.

Mon image, enfant, assise par terre au milieu de piles de feuilles et de crayons.

Mon père m'appelle : « Hayat ». Il me fait asseoir sur ses genoux. Il m'enlève le stylo de la main et, sur la feuille, il esquisse l'image d'une femme nue à côté de la nuée de papillons que j'ai dessinée. Il repasse le stylo sur la silhouette qu'il a tracée en insistant sur les courbes du corps et, à côté, il griffonne « Hayat ». Puis il ajoute l'image d'un homme avec une moustache.

Il me serre contre lui et me fait un bisou sur le front. Il me caresse partout. Il m'ordonne de n'en parler à personne. Il me dit que je suis sa princesse, que je suis très jolie, que je ne devrai permettre à personne d'autre que lui de me toucher.

J'ai suivi à la lettre ses paroles adressées à la petite fille que j'étais et qui venait d'être initiée à la réalité du monde dans les bras de son père.

Jusqu'à aujourd'hui, il m'a imposé des principes et une morale qu'il a façonnés à sa guise. Il a gravé dans mon esprit les règles d'une relation interdite et inconcevable. Il a profité de son statut de père pour satisfaire son désir avec une petite fille innocente. Son enfant qui le considérait comme le seul homme de sa vie, sa seule référence sûre, celui en qui elle avait confiance, celui qui était le pivot de son monde.

Cette même fille, ce soir, est dans les bras d'un autre. Elle veut effacer de son corps les traces de souillure, les blessures, l'odeur paternelle. Elle a mûri et la vérité a surgi devant elle comme une évidence : ses proches ne lui ont pas fourni la protection qu'elle était en droit d'attendre. C'était celui à qui elle était censée se fier le plus au monde qui l'a le plus trompée.

Une seule nuit ne suffit pas à calmer ma crainte ni à apaiser la douleur des souvenirs. Les jours suivants, je me retrouve à réclamer du sexe à Qais, comme si c'était devenu vital. Comme si c'était une drogue qui inhibait ma douleur. J'ai besoin de cet état pour savoir que mon corps échappe à l'emprise de mon père. Chaque jour j'ai besoin de m'offrir à mon amant pour combler ce plaisir dont j'ai tellement besoin.

Peu de temps après, Qais me quitte. Il se sent coupable d'avoir négligé sa famille. Sa morale et ses principes lui enjoignent de donner une deuxième chance à son mariage, d'essayer de sauver ce qui reste de sa relation avec sa femme. Encore un homme que j'aime qui me trahit. Il me laisse seule, perdue. Je me lance à la recherche d'un nouvel amant capable de remplir le vide qu'il a laissé dans ma vie. Quelqu'un capable d'étancher la soif de mon corps.

Après Qais, moi, « Hayat », je change. Ma vie change. Rien n'entrave plus mes relations avec les hommes. Je n'ai plus honte de rien, même si je suis consciente du passé qui pèse sur mes épaules. Je dois feindre face à mon entourage pour préserver ma place dans la société. Aujourd'hui j'ai compris que je peux cultiver des liaisons avec des hommes en toute liberté pourvu qu'une discrétion mutuelle soit respectée. J'apprends à élaborer des mises en scène pour camoufler ces histoires passagères qui apaisent mon désir de chaleur et de douceur.

Les hommes ne se soucient guère des principes qui dissuadent les femmes de sauter le pas. Une fille trouve avec une facilité déconcertante ce à quoi elle a droit. Même si on le lui interdit. Toutes brèves et éphémères qu'elles soient, mes aventures qui s'enchaînent me permettent des rencontres avec des personnes qui, parfois, peuvent offrir de l'aide, voire des pistons.

Même si je fais l'amour avec beaucoup d'hommes, je ne suis pas une prostituée au sens convenu du terme : je ne vends pas mon corps. C'est peut-être ça qui fait que je conserve un peu de respect de la part de mes partenaires. Mais en même temps je ne repousse pas le soutien et l'aide que peuvent m'offrir mes compagnons d'aventure. Parfois je leur ouvre mon cœur et leur confie mon besoin d'un emploi et d'un salaire pour aider ma famille.

Il ne se passe pas longtemps avant que je fasse la rencontre d'Amer, un homme dans la quarantaine, pilote pour les Royal Jordanian Airlines. Je lui raconte mes difficultés pour trouver un travail stable. Il m'apprend que sa compagnie a du mal à recruter des employées compétentes, notre société voyant d'un mauvais œil la profession d'hôtesse de l'air. La plupart des filles évitent soigneusement ce genre de carrière.

Moi, en revanche, j'ai toutes les qualifications pour ce travail. Je suis plutôt jolie, assez grande et svelte. Je parle bien anglais. Sans parler du fait que je ne me soucie plus de ma réputation, contrairement aux autres filles. Je me fiche que ça réduise mes chances de trouver un mari. Je sais très bien que si jamais un jour je tombe amoureuse, ce sera d'un étranger. Aucun Jordanien n'acceptera mon passé. D'autant que le mariage est la dernière de mes préoccupations. Tout ce que je demande à un homme, c'est une nuit de plaisir. En tant qu'hôtesse de l'air, j'aurai beaucoup d'occasions. Mon père ne pourra pas protester, surtout quand je lui annoncerai mon salaire, plus élevé que le sien. Sans parler des cadeaux que je pourrai rapporter de l'étranger pour lui, ma mère, et mes frères.

Amer bénéficiera aussi de la situation. Il m'emmènera avec lui dans ses voyages, loin du regard de mes proches et des soupçons de sa femme. Nous aurons la liberté de profiter l'un de l'autre sans craindre que le temps nous manque ni devoir chercher un lieu de rendez-vous. Nous pourrons nous reposer loin du risque d'être jugés.

Pourtant parfois je ne me reconnais pas dans le reflet de mon miroir. Quand je suis rongée par la culpabilité envers la femme d'Amer, je cherche à me justifier : je me persuade que c'est ma liberté, que j'ai le droit me préserver, même si cela implique de blesser quelqu'un.

Je m'étonne toujours de l'effort que les gens font pour se donner une logique qui justifie leur égoïsme et leurs prétentions. Bien sûr j'ai aussi la mienne, comme tout le monde.

Quelque chose est mort dans mon cœur. Les autres m'indiffèrent. Après toutes les trahisons que j'ai vécues de la part de proches, je n'ai plus aucune confiance en l'humanité. Je considère l'être humain comme un être abject, désespérément lâche, qui ne s'affirme qu'en soumettant plus fragile que lui.

Dorénavant, plus jamais je ne ferai preuve de compassion, quitte à écraser les plus faibles sur mon chemin. Oui, je n'hésiterai pas. Je me demande souvent si j'ai été vraiment si vulnérable. Peut-être que j'en ai donné l'impression et que les autres en ont profité. C'est peut-être la nature humaine. Ou un destin écrit sur mesure pour moi. Ou encore la conséquence de ma relation avec mon père, qui m'a poursuivie et m'a fait endosser le rôle de la partenaire soumise, reproduisant toujours la même histoire.

Deux jours après le drame avec mon père, je vais rendre visite à Oum Georges. Tout de suite, elle devine ma détresse.

Je suis perdue, désespérée. Je ne sais plus quoi faire. Dès le moment où je passe la porte de sa maison, j'éclate en sanglots et le chagrin me tord le visage. Elle me serre contre elle. J'ai tant besoin de bras entre lesquels m'abandonner. Surtout de ceux d'une amie plus âgée qui pourra me redonner un peu de cet espoir dont j'ai oublié même le goût.

Dans son salon, je découvre un groupe de femmes. Elle m'invite à m'asseoir parmi ses amies, m'expliquant qu'il s'agit d'une rencontre religieuse. Elles lisent et commentent des versets de la Bible, pour ensuite prier toutes ensemble.

L'idée d'assister à une étude biblique avec un groupe de chrétiennes ne m'enthousiasme pas trop. En temps normal je refuserais, mais ce jour-là, je me laisse faire. J'ai un tel besoin qu'une lueur d'espoir me redonne courage. Oum Georges remarque mon hésitation en même temps que mon besoin de sa présence.

« Viens nous rejoindre, on parlera après », me dit-elle en posant la main sur mon épaule.

Assise parmi ces femmes, je les entends discuter. Mais ma tête est ailleurs. Je suis perdue dans mon monde.

« Hayat ! m'interpelle Oum Georges. Écoute comme il est beau, ce verset ! "Venez à moi, vous tous qui peinez et ployez sous le fardeau, et moi je vous soulagerai[5]." »

Elle poursuit :

« Jésus aime chacun de nous et nous appelle à lui pour nous donner le repos. »

J'ai l'impression que ce sermon m'est spécialement adressé, qu'Oum Georges choisit les versets intentionnellement et

5. Traduction Bible de Jérusalem, Évangile selon saint Matthieu 11,28.

qu'elle les interprète pour qu'ils s'appliquent à ma situation. L'échange porte ensuite sur les difficultés de l'existence et l'impossibilité pour l'homme de supporter seul sa souffrance, sur sa faiblesse, sur sa soif de la présence du Christ à ses côtés.

Ensuite plusieurs femmes font partager au groupe leurs problèmes personnels. Elles expliquent comment elles y ont fait face et combien avoir prié Jésus leur a apporté un sentiment de paix et les a soutenues dans les moments les plus sombres.

Oum Fadi évoque les moments difficiles que sa famille a vécus quand son mari a été ruiné et n'a plus pu nourrir ses enfants. Elle a supporté ces épreuves uniquement grâce à la présence et à l'aide du Christ. Sa foi a été éprouvée par les pressions de la vie, mais elle a réapparu plus forte que jamais quand la main cachée de Dieu s'est tendue pour l'aider.

Oum Khalil nous fait part des souffrances qu'elle a endurées pendant son cancer. Elle nous raconte comment, lorsqu'elle était accablée par la faiblesse et une forte fièvre, la Vierge Marie lui est apparue. Elle lui a assuré qu'elle survivrait pour voir naître son petit-fils et qu'elle devrait l'appeler Hana, comme *saint Youhna,* Jean le Baptiste. Lors de cette apparition, elle ne savait même pas que sa fille était enceinte. Les médecins lui avaient annoncé qu'il lui restait que quelques mois à vivre. Là, sa fille en est au sixième mois de grossesse et Oum Khalil est folle de bonheur à l'idée de voir son petit-fils avant de quitter ce monde.

Toutes ces histoires m'ont l'air de délires complètement déconnectés de la réalité. Ces femmes s'illusionnent pour trouver du réconfort dans des moments difficiles. Je sais bien que Jésus, fils de Marie, est un des prophètes envoyés par Dieu pour guider l'humanité, mais ce que je n'arrive pas à saisir, c'est comment son histoire a changé le monde au point que ces femmes le voient comme un dieu vivant.

À ce moment-là, je suis très loin de Dieu, chrétien ou musulman, peu importe. J'éprouve juste de la rancœur pour cet être suprême qui n'est pas intervenu pour me protéger quand j'étais une enfant et qui me fera souffrir les flammes de l'enfer après ma mort pour avoir perdu ma virginité avec Qais. C'est donc ça, le fameux « Dieu juste » auquel elles croient ?

Je ne cherche pas la justice. Tout ce que j'espère, c'est un peu de sécurité, peut-être même un peu de compassion. Je ne sais pas si je serai capable de confesser à Oum Georges ce qui s'est passé. S'il est sage de tout lui raconter. J'ignore comment elle pourra réagir. Si elle en parle à mon père, je suis finie. J'ai tellement peur de lui.

La réunion se termine et les autres femmes s'en vont. Oum Georges et moi nous restons assises, en tête à tête. Elle me regarde droit dans les yeux et me dit percevoir en moi une grande tristesse.

« Tu es comme ma fille, me dit-elle, tu peux me confier tout ce qui te tourmente. »

D'abord j'hésite. Je mens en lui disant que ce n'est rien, qu'il s'agit d'un petit problème que je vais résoudre toute seule. Mais elle insiste pour que je parle et me pose des questions de plus en plus précises.

« C'est un problème de famille ? C'est ton père ? Dis-moi, n'aie pas peur ! »

Au début, je reste silencieuse. Puis, je m'effondre. J'essaie de lui expliquer ce qui s'est passé mais je ne trouve plus mes mots, ils restent coincés dans ma gorge. Je suis prise d'une crise de panique plus terrible encore que celle de la nuit où mon père a abusé de moi. Pour la première fois de ma vie, je dévoile à quelqu'un toutes ces années de souffrance. Pour la première fois, j'entends ma voix évoquer les drames intimes de ma vie et ceux de ma famille.

Un affreux sentiment de honte accompagne mes paroles. C'est comme si elles me mettaient à nu, comme si elles exposaient au grand jour les turpitudes d'une famille qui, aux yeux de tous, paraissait parfaitement normale. Je vois des larmes zébrer les joues d'Oum Georges pendant qu'elle m'écoute. Elle me serre contre elle de toutes ses forces et laisse mes pleurs mouiller son épaule, ses cheveux, ses vêtements. Je sens son souffle s'accélérer sous l'effet de la peine.

Mais elle ne sait pas trouver de réponse. Elle n'est pas assez forte pour me venir en aide. Tout son univers tourne autour de Jésus. La seule voie qu'elle m'offre, c'est d'assister à ses réunions et de me mettre à prier. Après quelques séances, je comprends que me convertir au christianisme l'intéresse plus que m'aider.

Alors je décide de cesser de la voir et de continuer seule ma route. Je ne laisserai plus personne profiter de moi. Pas même Oum Georges.

CHAPITRE V

Ali

Jouer avec le feu

Je passe des journées horribles après que Samir a quitté la chambre d'hôtel. Tout de lui me manque. Je n'arrive pas à imaginer ma vie sans lui. D'abord je me persuade qu'il a pris le meilleur parti pour nous deux en coupant les ponts. Mais il ne faut que deux jours pour que cette séparation me devienne insupportable. Je mets toute mon énergie à réprimer l'envie de l'appeler ; je résiste ainsi encore deux jours. Mais au quatrième jour, ma fermeté s'évanouit complètement. Je veux seulement entendre sa voix. Je veux m'assurer qu'il va bien. De nombreuses idées noires m'ont hanté pendant ces quatre jours. C'était comme regarder un film qui n'en finissait pas ; je m'imaginais des scènes où Samir était frappé de tous les maux imaginables.

Est-ce qu'il va bien ? Peut-être qu'il lui est arrivé quelque chose ? Un accident de voiture ? Une maladie ? Est-ce qu'il me déteste ? Qu'est-ce qu'il est en train de faire ? Est-ce que je l'ai blessé à ce point ? Est-ce qu'il s'est fait du mal ? Et s'il était mort ?

Je prends mon téléphone et je compose son numéro. Mon cœur bat la chamade, je suis impatient d'entendre sa voix. Je ne sais même pas quoi lui dire s'il répond. Je sais seulement que je brûle de l'entendre et de lui dire combien il me manque. Il ne répond pas. Le téléphone sonne dans le vide plusieurs fois, et puis plus rien.

J'essaie, réessaie, sans succès. Je me réfugie dans ma chambre et, porte fermée, je pleure comme jamais. Je suis perdu, comme si sans lui plus rien n'avait de sens. Comme si son absence absorbait les couleurs du monde qui m'entoure. Il n'y a plus de clarté autour de moi, tout est devenu noir, blanc, ou désespérément gris.

Je me rends chez lui et je frappe à sa porte en retenant mes larmes. Comment pourrais-je les expliquer à sa mère, lorsqu'elle m'ouvrira ? Elle s'étonnerait de voir un homme qui pleure par amour. Pour un autre homme. Pour son fils.

Je suis assis dans le salon et je l'attends. Les minutes passent, longues comme des heures. Quand il arrive, je me lève et je le regarde dans les yeux.

Il y a un moment de silence. Nous nous rapprochons sans que nos lèvres osent prononcer un seul mot. Je le prends dans mes bras, et je commence à pleurer. Je sens ses larmes couler aussi. Le temps passe et nous nous échangeons des *khalas,* « ça suffit », *bas,* « assez ». Chaque mot soupiré ravive notre émotion et nos larmes. Nous restons en silence pendant quelques instants encore, puis nous nous calmons. Et je trouve la force de murmurer :

« Je t'aime. »

Sur son visage se dessine un sourire et il me répond :

« Moi encore plus. »

Puis il ajoute :

« Petit con, va. »

Il se change et nous sortons ensemble. Dans la voiture, je tiens sa main serrée, comme si on allait me le voler. Il faut que nous discutions de cette situation impossible d'où nous devons sortir. Il refuse de me partager avec quelqu'un d'autre. Il n'est pas prêt à vivre avec moi dans la clandestinité, à passer toujours après ma famille. Il n'accepte pas d'être mon amant secret, pas plus que de devenir mon complice en trompant une personne innocente.

Moi, je veux me marier et fonder une famille, mais c'est impossible en poursuivant ma relation avec lui. Je lui suggère de se marier lui aussi. Nous aurions tous les deux une famille et nous pourrions garder secrète notre relation. Ça aussi, il le refuse. Pour lui c'est un mensonge, une supercherie, une hypocrisie. On ne corrige pas une erreur en en commettant une autre. L'envie de fonder un foyer et d'avoir des enfants ne peut en aucun cas justifier une vie basée sur le mensonge et la dissimulation.

Je lui explique que je ne vois pas les choses de la même manière. Pour moi le mariage est une chose et la passion en est une autre. J'ai l'intention de fournir à Leila tout le confort et la sécurité que je pourrai, ce qui ne m'empêchera pas de tout faire pour avoir une vie heureuse.

Nous n'avons pas le même point de vue. Mais il n'est pas question de nous séparer, surtout après avoir souffert de l'amertume de la séparation. Je supplie Samir de rester avec moi, même si ça ne dure que la période des fiançailles. J'ai peur du mariage et j'ai besoin qu'il soit près de moi. Il finit par accepter, avec réticence.

Je décide de lui faire éprouver qu'il est la personne la plus importante de ma vie. Il n'aura plus jamais la moindre raison de croire que Leila passe avant lui. En même temps, je vais offrir à Leila toute l'attention qu'elle mérite. Elle ne devra jamais se douter que quelqu'un d'autre occupe mes pensées. Je resterai constamment sur le qui-vive. Mais toujours plein d'attention pour satisfaire les besoins et les attentes de chacun.

Leila est jolie, facile à vivre et peu exigeante. Quand nous nous retrouvons, je vois la joie éclairer son visage, et j'ai le cœur qui fond. Je la couvre de compliments. Je veux lui donner l'impression qu'elle est la plus belle femme du monde. Ses joues en rougissent de gêne. Elle me dit et me redit combien elle est heureuse et excitée à l'idée de cette vie à venir remplie de merveilleux moments à mes côtés. Nous passons la plus grande partie de notre temps ensemble à aménager notre appartement, à acheter des meubles et à organiser le mariage. Je ne regarde pas à la dépense. Ma situation financière s'est stabilisée et il n'y a plus à s'inquiéter. Je dis donc de ne pas se faire de soucis pour l'argent et d'organiser le mariage dont elle a toujours rêvé.

Je lui fais faire la connaissance de Samir, que je présente comme mon plus proche et cher ami. Cette proximité entre deux hommes n'éveille aucun soupçon ; il est presque impossible de deviner la vraie nature de notre relation. Elle l'apprécie immédiatement et, en peu de temps, ils développent une sorte d'amitié et de tendresse. Quand nous sortons ensemble, elle se met toujours de son côté et il n'y a personne pour me sauver lorsqu'ils se liguent contre moi, sauf Salma, qui prend mon parti. Tous les quatre, nous passons nos soirées dans les cafés et les restaurants d'Amman. Leila se charge de tout organiser. Samir montre peu d'enthousiasme pour ces sorties. Il préfère me voir seul. Je dois constamment le supplier de nous accompagner parce que je suis plus heureux et détendu lorsqu'il est à mes côtés. Chaque fois il se laisse convaincre.

Il nous arrive de tomber sur certains gays de notre connaissance. Cela me met mal à l'aise et j'évite de les saluer, surtout quand il s'agit de garçons efféminés et maniérés. J'ai peur que Leila ne se doute de quelque chose. Je ne sais même pas ce que je pourrais lui raconter si elle me demandait d'où je connais ces gens.

Un jour, ce que je craignais finit par arriver. Je tombe par hasard sur Tamir, un garçon égyptien que j'ai rencontré une fois chez un ami. Le voilà qui m'appelle par mon prénom et se précipite sur moi pour m'embrasser. Je réponds froidement, en essayant de le tenir éloigné de Leila. Je me sens mal pour lui, connaissant toutes les misères qu'il a traversées. Peut-être qu'il a besoin du soutien d'un ami ce soir et que ma réaction le blesse.

Il a laissé pousser ses cheveux, les a teints en blond et coiffés sur un côté. Il porte une boucle à une oreille. Il émane de lui une forte odeur de parfum pour femme. Il a couvert son visage d'une épaisse couche de fond teint brillant. Il me tend la main avec la préciosité d'une aristocrate et me fait un clin d'œil.

« C'est ta fiancée ? me souffle-t-il. Pas mal ! Elle est plutôt jolie ! »

Je le foudroie du regard pour qu'il baisse d'un ton. Je coupe vite court à la conversation et je lui promets de l'appeler dans les prochains jours.

Tamir est un garçon très efféminé. En fait, il se considère comme une femme. Il se fait même appeler « Nawal » par ses amis, prénom qu'il a choisi à cause de son admiration sans borne pour la chanteuse libanaise Nawal al Zoghbi. Il connaît par cœur tout son répertoire et l'imite à la perfection. Lors des soirées gays, il saisit toutes les occasions pour s'habiller en femme et parodier les chanteuses célèbres.

Il a grandi avec son père en Arabie saoudite. Enfant, il était déjà très féminin. Sa féminité n'a fait que s'affirmer avec l'âge. Un jour, il m'a raconté ce qui était arrivé lors de son entrée en troisième année de primaire quand les garçons et les filles, qui jusque-là partageaient la même école, ont été séparés dans deux établissements distincts. Il est rentré en pleurs chez son père et lui a demandé pourquoi il avait été mis avec les garçons et pas avec les filles.

« Parce que tu es un garçon, *ya baba.* »

Mais Tamir lui a répondu :

« Mais non, *baba,* je suis une fille ! »

Pour le père, son fils était indiscutablement un garçon. Le petit, lui, était persuadé d'être une fille.

Plus tard, son père a décidé de l'envoyer en Égypte pour des études à l'université. Pour lui, la féminité de son fils était le résultat de la vie décadente en Arabie saoudite. L'austérité égyptienne allait faire de lui l'homme viril dont la famille serait fière.

Au Caire, loin des yeux de son père, Tamir a pu vivre plus librement et se faire des amis dans la communauté LGBT. Avec eux, il a commencé à passer ses week-ends au *Queen Boat,* un bateau sur le Nil transformé en boîte de nuit, près de l'hôtel Marriot. Le *Queen Boat* était connu pour être un lieu où les homos pouvaient se retrouver, danser et faire la fête.

Un jour, la police a décidé de faire une descente sur le bateau et d'y arrêter tous les participants à la soirée. Ce soir-là, Tamir n'était pas d'humeur à sortir ni sur le *Queen Boat* ni ailleurs, mais il avait fini par céder devant l'insistance de son ami.

En approchant du club, ils ont remarqué les voitures de police, mais ils n'ont pas tout de suite mesuré le danger ni vu l'irruption des forces de l'ordre dans le bateau pour rafler les clients. Après quelques pas, ils ont réalisé ce qui se passait.

Tamir a aperçu un ami à lui, serveur sur le *Queen Boat,* encadré par deux policiers. Le serveur a fait un geste de la tête pour signifier à Tamir de faire demi-tour et de déguerpir — sans succès. Loin de le sauver, le geste du serveur n'a pas échappé au policier qui était à sa droite ; il s'est jeté sur Tamir pour l'arrêter.

Devant sa féminité maniérée évidente, le policier n'a pas hésité une seconde à l'insulter et à le balancer dans le fourgon avec les autres hommes interpellés dans la boîte. Cette nuit-là, Tamir a vécu une expérience terrifiante. Il a été trimballé avec tous les prisonniers d'un poste de police à un autre jusqu'à ce qu'ils finissent dans un commissariat pour être entendus.

Là, les choses se sont faites plus précises. Chacun à leur tour, les prisonniers ont dû subir un interrogatoire. Les services de sécurité leur ont fait avouer sous la menace qu'ils pratiquaient la pédérastie. Des douzaines d'hommes avaient été embarqués mais, après quelques heures, on a commencé à en libérer certains. Les policiers ont d'abord relaxé les plus virils. Leurs préjugés les poussaient à associer l'homosexualité à la féminité. Puis ils ont laissé partir les étrangers et les Arabes non égyptiens parce qu'ils n'étaient pas visés par l'opération policière et surtout pour éviter tout problème diplomatique. Ensuite est venu le tour des membres de familles influentes, après un déluge de coups de fil. Enfin ils ont relâché tous ceux qui portaient des sous-vêtements blancs. Dans l'imaginaire collectif, l'homosexualité est tellement liée à l'influence occidentale que même la couleur des caleçons compte. En effet, le caleçon traditionnel égyptien est blanc et tous ceux qui portent des sous-vêtements colorés sont forcément sous l'emprise de l'étranger et ont perdu leurs valeurs morales.

Tamir n'a pas eu de chance. Il portait un boxer vert d'une marque internationale qui avait ouvert un magasin au Caire quelques mois auparavant. Cette nuit-là, pour extorquer des aveux, la police s'est livrée à plusieurs sortes de tortures, dont celles consistant à lâcher des chiens policiers sur les prisonniers, à les fouetter avec des tuyaux de *chicha* et à les plonger dans l'eau glacée.

Dans un premier temps, Tamir a refusé d'avouer. Mais il avait la phobie des chiens depuis son plus jeune âge et quand il les a vus se rapprocher, il a fini par céder et a accepté de signer une confession rédigée par avance.

Après quelques jours, ils l'ont conduit dans un hôpital d'État. Un groupe de médecins des deux sexes s'était réuni dans le bloc opératoire pour ce qui allait être la situation la plus humiliante de sa vie : subir un examen anal. Le rapport fut rendu quelques heures plus tard : « Utilisé par-derrière ».

C'était un cauchemar. Tamir a passé ces journées en prison comme s'il vivait l'enfer. Sans une once d'humanité, les gardiens s'étaient transformés en démons torturant leurs victimes. Un nuage fait de cruautés, d'humiliations et de terreur a obscurci son monde. Ils ne l'accusaient pas seulement d'immoralité. À cause d'un jeu politique dont il a appris les raisons plus tard, la justice fit peser sur lui également d'autres charges. En plus de la pédérastie, il fut accusé de vénérer Satan, d'appartenir à une secte religieuse illégale et de coopérer avec le grand ennemi, Israël.

Il n'est pas rare que les régimes arabes utilisent la morale commune pour asseoir leur légitimité populaire et obtenir une victoire politique. Le rejet moral et social de la communauté LGBT dans le pays faisait d'elle une cible toute désignée pour ces attaques.

Comme Tamir l'a compris plus tard, s'ajoutait à cela une manœuvre politique encore plus perverse et abjecte. Un proche d'un ancien président voulait se présenter aux élections à la place du président déchu, Mohammad Hosni Moubarak. En raison du poids politique de cette famille, le régime de l'époque se sentait menacé et devait agir avant qu'il ne soit trop tard. Les services secrets furent donc mandatés pour passer au crible la vie de cette famille et publier un rapport qui accusait un de ses membres, connu pour ses inclinations homosexuelles. En plus de son orientation, il collectionnait des photos le mettant en scène avec d'autres hommes dans différentes pratiques sexuelles. Dans son imagination débordante, il avait forgé un personnage mythique, objet de tous ses fantasmes. Les agents des renseignements trouvèrent parmi ses écrits des passages qui décrivaient sa fascination proche de l'idolâtrie pour cette figure.

Il s'agissait d'une base idéale pour construire un récit destiné à susciter la terreur dans la société égyptienne et ainsi retirer tout espoir d'un avenir politique à la famille en cause. La vénération du parent déviant pour ce personnage mythique fut déformée en une adoration de Satan, ce qui en fit un scandale d'État. Les photos de ses dépravations sexuelles vinrent confirmer ces allégations. Dans la presse arabe, on avait tendance à associer l'homosexualité aux rituels et au culte satanique. L'existence même de la communauté LGBT compléta le tableau comme preuve d'un phénomène sectaire bien réel. En sus de la composante morale, il n'y avait plus qu'à adjoindre une conspiration sioniste pour en faire une affaire de sécurité nationale. On alla chercher pour cela d'anciens voyages de l'individu incriminé dans l'État juif.

La semaine qui précéda la descente au *Queen Boat,* la police égyptienne avait fait une rafle parmi les prostitués homosexuels dans les rues du pays. Cette opération obéissait à un plan visant à faire l'amalgame de l'homosexualité avec la prostitution et à l'ajouter à la liste des accusations.

Chacune des charges contre Tamir suffisait à le couvrir de honte et donnait une excuse à ses ravisseurs pour le maltraiter et le molester. Ses seules manières efféminées suffirent à exciter un de ses geôliers qui souffrait de frustration sexuelle, comme tant d'autres dans cette société égyptienne qui interdit toute relation sexuelle hors de l'institution du mariage. Le gardien commença par lui parler gentiment, puis se mit à le harceler. Tamir ayant refusé ses avances, le maton l'agressa et le viola brutalement. Ses cris résonnèrent dans toute la prison et leur écho se répercuta contre les murs des autres cellules. Loin d'arrêter son agresseur, ils attisèrent au contraire sa rage et redoublèrent son excitation.

Tamir n'osa pas avouer ce qu'il avait subi à son père lors de sa visite en prison. Il avait honte d'admettre avoir été violé. En revanche, devant le juge, il prit son courage à deux mains pour tout révéler. Il espérait que le magistrat ferait preuve d'un peu d'humanité en lui rendant justice. Il n'en crut pas ses oreilles et manqua de s'effondrer quand il entendit le juge lui répondre :

« Mais regarde-toi ! Qui pourrait les incriminer ? »

Qui pourrait les incriminer ?

À ce moment-là, Tamir prit conscience qu'il vivait dans la plus machiste des sociétés qui puisse exister. Une société qui réduit la femme à un objet sexuel tout juste bon à exciter le désir des hommes, à assouvir leurs pulsions.

C'est cette même vision qui contraint les femmes à se préserver de tout contact sexuel hors mariage. C'est à elles que revient la responsabilité de défendre leur chasteté. Toute expression naturelle de féminité équivaut à une invitation à se faire importuner.

Le rôle de bourreau et de victime s'inverse. L'homme devient la victime du désir provoqué par le plus innocent geste d'une femme. La criminelle, c'est elle. C'est elle qui le provoque et l'excite ; le viol n'est que la conséquence de son comportement.

Aux yeux de ce juge imprégné de cette culture machiste, Tamir n'était pas différent d'une femme. Sa féminité manifeste avait poussé son bourreau à le violer. Il était le seul à blâmer. C'était lui qui devait être puni.

Tamir a été condamné à un an de prison, pendant lequel il a subi toutes sortes d'humiliations, d'ignominies, d'agressions et de viols. Au bout d'un an, il a été libéré. Mais l'État a décidé d'un nouveau procès sous la pression d'associations pour les droits humains qui estimaient que le premier n'avait pas été équitable. Le tribunal a rendu un nouveau verdict contre Tamir, le condamnant cette fois à trois ans de prison. Une décision qu'il n'a pas pu accepter après avoir enduré les tortures ayant accompagné sa première détention. Au point de tenter de se suicider. Heureusement pour lui, il n'y est pas parvenu. Quelques jours plus tard, une ONG a réussi à l'exfiltrer en Jordanie, en attendant qu'il puisse déposer une demande d'asile dans un pays occidental.

Comparée à la sienne, ma vie semble facile. Nous nous situons tous les deux hors du cadre traditionnel de la masculinité dans notre société. Lui, sa féminité est évidente, et ne lui permet pas d'être hypocrite, de jouer le rôle qu'on voudrait lui faire endosser. Mon orientation, au contraire, n'est pas manifeste ; je vis ma sexualité en secret, et je sais offrir aux autres l'image qu'ils attendent. Je joue leur jeu pour ne pas me faire griller.

Je retourne m'asseoir à ma place. À ma droite, ma fiancée. À ma gauche, mon amant. Je me sens comme un acteur dans une comédie dont l'auteur m'aurait confié le rôle principal. Par chance, il m'a attribué des traits bien virils qui me permettent de survivre et de donner le change dans une société attachée plus aux apparences qu'à la réalité.

Rana

Qui est sans péché...

Vertiges, nausées, fatigue... Ces symptômes vont et viennent. Au début, je les prends pour des malaises sans gravité. Je me dis que j'ai peut-être mangé quelque chose d'avarié ou que j'ai pris froid. Mon premier réflexe est de les ignorer. Mais ils persistent plusieurs jours d'affilée. Des jours qui se transforment en semaines. Il m'arrive aussi quelque chose d'étrange : je sens mon corps changer, comme si je prenais du poids, comme si mon bassin s'élargissait et mon ventre se gonflait.

Et si j'étais enceinte ?

L'idée me traverse l'esprit, fulgurante comme l'éclair, et me frappe au cœur. Je reprends mes esprits et chasse cette pensée. Je préfère l'écarter et continuer ma vie normalement. J'ai trop peur. Je ne suis pas prête à affronter cette terrible éventualité. Est-ce qu'on peut tomber enceinte aussi facilement ?

C'est vrai, j'ai continué à coucher avec Jantay après cette fameuse nuit, mais il mettait toujours un préservatif. Nous avons uniquement déraillé une fois. Seulement une. Il n'avait plus de capotes. On a pensé pouvoir prendre toutes les précautions possibles. On a voulu éprouver, ne serait-ce qu'une seule fois, le sentiment de s'unir sans cette couche de latex qui nous séparait. Il m'a promis de se retirer avant de jouir. C'est ce qu'il a fait. Peut-être une seconde trop tard. Une seconde assez longue pour chambouler la vie de deux êtres, et générer l'existence d'un troisième.

La vie est bizarre. Les jours s'écoulent avec une régularité implacable. Les mois et les années passent sans changement notable et puis, tout à coup, survient un événement qui vous brise, vous oblige à changer de peau, vous transformant en un étranger à vous-même.

Il n'y a pas de jour où je parvienne à fuir la réalité. Chaque fois que j'essaie d'ignorer cette voix dans ma tête qui ne cesse de me répéter « Tu es enceinte, tu es enceinte ! », une autre prend la relève pour exiger que je me résigne et assume ma condition. Je porte en moi deux personnages qui s'affrontent : l'un me hurle cette vérité que je ne veux pas entendre, l'autre, comme mon complice, refuse de l'admettre. Finalement, c'est le premier qui prend le dessus. Il m'oblige à capituler.

Je suis enceinte.

Mon cœur se met à battre la chamade. La peur me tétanise.

Je suis enceinte.

Qu'est-ce que ça veut dire ? Qu'est-ce que je vais faire ? Et comment est-ce que je dois me comporter ? Est-ce qu'il faut l'avouer à quelqu'un ? À qui ? À Jantay ? Quelle sera sa réaction ? À une de mes amies ? Hayat ? Leila ? Non, je ne peux pas leur dire. Elles me rejetteront de peur de salir leur réputation. À ma mère ? Elle piquera une crise et s'évanouira. À mon frère ? Ai-je perdu la tête ? Tant que j'y suis, autant lui tendre la corde pour me pendre.

Mes doigts me trahissent et caressent mon ventre. Je sens une vie se former en moi. Un enfant innocent qui devra affronter un tribunal avant même d'avoir vu le jour. Mes hormones se rebellent et prennent son parti. Pour la première fois dans ma vie, je découvre mon instinct maternel. Un amour débordant qui s'empare de mon corps et de mes pensées, et j'éprouve la nécessité impérieuse de défendre et de protéger mon enfant à naître.

Lui et moi ne formons qu'un. Il est moi, je suis lui. Deux êtres partageant le même corps. Mais nous sommes des rivaux aussi. Son existence signifie pour moi une condamnation à mort. Et je peux, moi, décider de le condamner, lui.

Je suis écartelée entre des choix dont le dénominateur commun est la mort. Sa mort — il pourrait être le seul à disparaître.

Ou mourir avec moi. Ou être tué avec moi, mon frère ou mon père… Je suis perdue dans mes réflexions macabres.

Et si… et si j'optais pour la décision la plus radicale, celle d'affronter seule tout ça ? Si je ne peux pas me résoudre à prononcer sa sentence de mort, qui pourra s'en charger ? Mon père ? Mon frère ? Mon cousin ?

Est-ce que je peux leur épargner cette extrémité et m'en charger moi-même ? Est-ce que je dois tout raconter à Jantay ? Est-ce qu'il saura me protéger ?

S'il décide de demander ma main, ma famille refusera. Pas plus que ses parents n'accepteront cette idée insensée. Il a tout juste vingt ans. C'est un étudiant à peine entré dans l'âge adulte. Un mariage fera obstacle à sa vie professionnelle et détruira son avenir.

Je ferme la porte de ma chambre et j'éteins la lumière. J'ai besoin d'obscurité. D'être seule. De disparaître. Je suis au bord des larmes. J'imagine mon enfant défendant de toutes ses forces son droit à exister. Il lutte contre moi, sa mère. Il se bat contre mon père et mon frère. Contre les autres, la société, le monde. Et je pleure encore plus fort quand, l'espace d'un instant, j'imagine que Jantay pourrait nous rejeter et nous abandonner. Pour mon enfant, cela voudrait dire grandir dans le déshonneur, sans même un nom de famille.

Je me hais, je hais les gens. Je hais la société, ses traditions et ses coutumes, la religion et ses préceptes. Elle est où, la justice ? Est-ce qu'on me tuerait pour avoir décidé de défendre la vie de mon enfant ? Est-ce que je pourrais faire de mon frère un criminel, lui qui est encore un adolescent sur les bancs de l'école ? Je connais parfaitement les rouages de la société où je vis. Mon bébé et moi en serions les premières victimes, mais mon frère suivrait inévitablement. Même si c'est moi qui ai compromis l'honneur de la famille, c'est à lui que reviendrait la responsabilité de le racheter et de laver l'infamie. Je n'en finis pas de ressasser tout ça, et de m'interroger pour comprendre où est mon crime.

Lorsque j'ai décidé de suivre mon désir, je l'ai fait après m'être réapproprié mon corps. Mon corps est à moi et à moi seule. J'ai décidé de le libérer et d'exercer mes droits en tant que femme, en tant qu'être humain libre qui possède la chose la plus élémentaire du monde : un corps.

Je suis convaincue de la légitimité de ma conduite et du caractère privé de mes relations. C'est un secret entre moi et mon compagnon. Je sais très bien que je ne peux pas changer le monde. Rien ne m'oblige à le faire tant que j'arrive à protéger mon secret. Je me considère comme une femme éduquée et cultivée. Je suis consciente de mes choix et de leurs conséquences. J'ai du bon sens. Je sais comment me protéger. Je sais faire preuve de discrétion pour vivre ma sexualité. J'ai appris à utiliser les moyens de contraception. Je sais très bien qu'un accident est toujours possible, même si l'éventualité est faible, mais j'ai quand même choisi de prendre ce risque.

J'ai bien le droit d'en prendre avec ma vie ! Tout le monde en prend, non ? Mais me voilà aujourd'hui devant un choix impossible. Est-ce que j'aurai le courage de clamer à la face du monde ce qui m'arrive ? Est-ce que je trouverai la force de défendre mon droit de vivre comme je l'entends et d'être celle que je suis vraiment ? Ou dois-je faire mourir cet embryon pour conserver la liberté de mon corps ? J'aimerais pousser un cri, mais la peur me bâillonne et m'incite à sacrifier plutôt mon bébé.

Je suis sur le point de céder et de faire disparaître ce petit être. Mais je veux associer Jantay à mon choix. Il doit partager cette responsabilité avec moi ; l'enfant est le sien aussi et je suis sa compagne.

Je n'oublierai jamais la détermination virile qui se dégage de Jantay quand je lui en parle. Il ne lui faut qu'un instant pour endosser le rôle du père de famille protecteur et prendre les rênes de la situation. Il me serre dans ses bras et caresse mon ventre. Je me sens en sécurité comme jamais depuis des semaines. À cet instant, je réalise que c'est l'homme que je veux avoir à mes côtés pour le reste de ma vie.

Je m'abandonne, perdue dans un torrent de larmes. Je bredouille quelques mots, j'essaie de lui expliquer que je ne veux pas ruiner son avenir, que j'ai si peur, que je ne sais plus quoi faire. Il attend que je me calme un peu avant d'aborder rationnellement la question. Nous tombons d'accord pour écarter l'option de l'avortement. Il est aussi hors de question d'aller expliquer la situation aux membres de ma famille et leur annoncer que nous sommes prêts à nous marier pour prévenir le déshonneur. Je sais très bien que pour eux me marier avec un garçon d'une autre confession constitue une limite à ne pas franchir. Autant que tomber enceinte hors mariage.

Nous prenons la décision de nous confier d'abord à sa mère. Elle et Jantay sont très proches. Quoi que ses parents puissent penser d'un homme qui met enceinte une femme hors du mariage, la question de l'honneur sera la dernière de leurs préoccupations. Ils verront en priorité le pétrin dans lequel leur fils s'est mis et chercheront à l'aider. Comme c'est lui qui a pris ma virginité et m'a mise enceinte, sa vie est en danger. Ma vie est en danger. Ma famille pourrait nous tuer, tous les deux, pour effacer la faute et envoyer un message d'avertissement aux autres hommes pour qu'ils ne touchent plus à leurs filles. Pour cette raison, il faut que sa mère agisse rapidement. Aussi informe-t-elle au plus vite son père. Il faut éviter la catastrophe. Après avoir envisagé la situation sous tous ses angles, ils nous conseillent de fuir à l'étranger. En Suède, chez l'oncle de Jantay. Au moins le temps qu'il faudra pour que les choses se calment.

Les semaines qui suivent et où il nous faut attendre notre visa, je garde le silence devant mes parents. Je passe le plus clair de mon temps dans ma chambre, loin de leur regard, de peur qu'ils ne remarquent les changements de mon corps. Je souffre par avance à l'idée du scandale qui s'abattra sur mon père et ma mère. Je me demande s'ils accepteront de me revoir un jour.

Le moment venu, je retiens mes larmes et je fais en pensée mes adieux à tout le monde sans une parole. Pas un seul d'entre eux ne peut lire la peine dans mes yeux. Je n'ose même pas embrasser mon père ni serrer ma mère dans mes bras. Je n'ai sur moi que mon diplôme universitaire, un sac avec du maquillage et mon passeport.

Je sors comme chaque jour pour aller à l'université. Mais cette fois, je n'en reviendrai pas. Je pars vers l'inconnu à l'insu de mes parents. Les diktats sociaux ne me laissent aucune autre solution. Je me laisse guider par mon instinct de survie comme par une boussole. Mes pieds avancent machinalement, mais chaque pas m'arrache douloureusement à mes racines ; rien ne peut désormais me retenir.

Jantay m'attend devant la porte de l'université avec ses parents. Ils nous conduisent à l'aéroport. Sa mère m'embrasse, puis recommande à son fils de prendre bien soin de moi et de l'enfant.

Son père sort de l'argent qu'il me tend. Il me rassure en me disant qu'il s'occupera de nous tant que nous serons à l'étranger, jusqu'à ce que les choses se calment. Il a spécialement ouvert un compte bancaire pour nous. Il nous promet d'y verser suffisamment d'argent pour nous permettre de survivre un mois. Il nous demande de les appeler une fois arrivés pour qu'ils puissent dire à mes parents de ne plus me chercher.

Dans l'avion, Jantay et moi restons muets. Il serre doucement ma main, comme pour me dire que tout ira bien. Je peux lire quand même la préoccupation sur son visage. Je me plonge dans mes tristes pensées. Combien de femmes se sont-elles retrouvées dans la même situation ? Combien en ont payé le prix de leur vie et de celle de leur enfant ? En définitive, j'ai la chance de vivre à une époque où les moyens de transport me permettent de disparaître, comme si de rien n'était ? Comme si j'étais morte. Y a-t-il une différence ? Abandonner ma vie passée, n'est-ce pas un peu mourir ?

Je m'endors, et je me retrouve dans un autre monde et un autre temps. Partout la poussière recouvre ce qui m'entoure, à n'en plus distinguer les visages autour de moi. Je me vois assise au fond d'un trou, dans le sable. Ma main passe doucement sur mon ventre pour caresser mon enfant, pour le bercer et le rassurer.

J'observe les regards braqués sur moi de la foule qui m'encercle. Mais je n'éprouve aucune crainte. Je me sens dans un état second, l'esprit à la dérive. Comme si j'avais abandonné mon corps à son destin. Assise en tailleur, je reste les yeux rivés sur les expressions que je lis sur le visage des hommes, des femmes, des vieux et des enfants : rage, haine, horreur, transe...

Dans leurs mains, des pierres. De toutes tailles et de toutes formes, aux arêtes acérées prêtes à lacérer mon corps et celui de mon enfant. Puis des voix s'élèvent, hurlant des insultes que je n'arrive pas à comprendre. Mais, à leurs visages tordus, j'en devine une :

« À mort la traînée ! »

Je porte la main à ma poitrine. Je me laisse tomber par terre, à genoux. Je ferme les yeux et j'attends. Les secondes passent, semblables à des heures. Les voix se font toujours plus fortes.

« À mort la traînée ! »

Puis, soudain, un silence de mort. Un homme barbu apparaît, une expression de fureur sur le visage. Tous les regards se tournent vers lui. Il crie d'une voix puissante : « Que celui qui n'a jamais péché lui lance la première pierre ! »

Il gronde au milieu de la foule.

« Que celui qui n'a jamais péché lui lance la première pierre maintenant ! »

Passe une minute de silence. Suivie d'un bruit. Les pierres n'arrivent pas sur moi. Elles chutent sur le sol, emportant avec elles la honte et la disgrâce.

Aujourd'hui, on laisse tomber les pierres. Mais dans peu de temps, l'homme tombera à son tour, et ses mots avec lui. Moi aussi, je tomberai. J'erre d'époque en époque. De tous côtés, je recherche cet homme. Ou quelqu'un qui lui ressemble, même un être qui posséderait ne serait-ce qu'une parcelle de sa puissance et de son humanité. Mais il reste introuvable. Les mâles que je rencontre ne sont plus que des animaux. Les vrais hommes, eux, sont tous mutilés ou morts. La virilité a dégénéré en bestialité. Ces mâles cherchent à dominer mon corps, mon âme et mon esprit.

Aujourd'hui j'ai échappé à la lapidation, en un autre lieu et en un autre temps, j'aurais fini sur le bûcher, ou bien j'aurais été assassinée par un peloton d'exécution, ou pendue au bout d'une corde, ou encore écartelée et mise en pièces.

Je me réfugie dans mon trou. J'observe à nouveau autour de moi. Cette fois-ci mon regard dépasse la foule et se pose bien plus loin. Ce survol me permet de découvrir que mon trou est loin d'être le seul. Il y en a des centaines. Des milliers. Des millions. Tous semblables. Et dans chacun, une femme qui me ressemble. Toutes se tiennent assises en silence, abandonnées face à l'incertitude, leur corps à la merci de leurs bourreaux.

J'éclate en sanglots. Les femmes pleurent aussi dans leurs trous. Leurs larmes coulent, comme pour les purifier, mais elles ont beau tomber et laver les corps, rien ne change. Elles feraient mieux d'imprégner l'esprit des hommes. Peut-être qu'alors ces larmes pourraient faire revivre celui qui rendra aux hommes leur dignité — et aux femmes leur vie.

Hayat

Drôles d'histoires

D'habitude, Amman me donne l'impression d'une ville gigantesque avec son million d'habitants. Mais parfois je n'y vois plus qu'un modeste village où tout le monde se connaît. Quand deux personnes s'y rencontrent pour la première fois, il leur faut à peine deux minutes pour s'apercevoir du nombre d'amis et de connaissances qu'elles ont en commun.

Ma vie a complètement changé depuis que j'ai accepté ce poste d'hôtesse de l'air. Ce n'est pas de tout repos, mais ce travail me convient parfaitement. Il m'éloigne de la maison pendant des jours et m'offre un peu de cette liberté dont j'ai tellement rêvé. Ma relation avec Amer s'est épanouie. Quoique secrète, elle m'offre bien des moments de bonheur, et un sentiment de sécurité.

À côté de mon histoire avec Amer, je me suis aussi liée d'amitié avec un steward, Samir. Dès notre première rencontre, je me suis sentie immédiatement à l'aise avec lui, comme avec un frère que je viendrais de retrouver. Je ne saurais dire pourquoi. C'est peut-être dû aux vols qui nous coupent du reste du monde pendant des heures, ou bien au temps passé ensemble et à la promiscuité de notre travail. Il n'a pas fallu beaucoup de temps pour que nous nous confiions nos secrets. Il m'a avoué être attiré par les hommes. De mon côté, je lui ai raconté mon histoire avec Amer.

C'est la première fois de ma vie que je côtoie un homosexuel. Je ne savais même pas ce qu'était vraiment l'homosexualité. La seule image que j'en avais venait des personnages des films et des séries américaines. Je sais à quel point la société rejette et discrimine cette partie de la population. Un type de discrimination et de condamnation morale assez semblable à celui dont je suis victime.

Je n'ai donc aucun sentiment préconçu quand Samir m'avoue son secret, cette dimension de sa vie qu'il ne révèle qu'à un cercle restreint en qui il a vraiment confiance. Sa façon de me regarder et de me parler sans aucune arrière-pensée me rassure. Une attitude que je n'ai jamais observée chez les autres hommes de ma vie. Samir n'est pas attiré par les filles, mais il se considère tout de même comme un homme. Il est prêt à prendre ma défense et à me protéger. Son homosexualité ne lui interdit pas de m'aimer en tant que personne ni de m'apprécier en tant qu'amie. Et ça ne l'empêche pas non plus de me trouver jolie. Il est le premier à me faire des compliments sur une nouvelle coupe de cheveux, un bijou ou un nouveau vêtement.

Au téléphone, il s'adresse à son compagnon au féminin pour que personne ne puisse deviner son secret. Moi aussi je camoufle mes appels avec Amer en faisant mine de parler avec une copine. Un jour, Samir aborde ce sujet. Nous en rions, d'un rire défaitiste, révélateur du dysfonctionnement de notre société qui oblige tous les rapports humains à se conformer à un seul et unique modèle, toujours au bénéfice des hommes.

Mais le grand choc survient quand il me confie que son copain, pour obéir à la pression sociale, a décidé de se marier. Je n'arrive pas à croire aux connexions que ma tête établit au fur et à mesure que Samir me décrit la situation. Parlerait-il de mon amie Leila et de son fiancé Ali ! Mais ce n'est pas possible… Le fiancé de Leila et le compagnon de Samir seraient la même personne ? Ces liens, ces coïncidences… peut-être que tout ça n'est en fait que le fruit de mon imagination.

Pourquoi la vie me déçoit-elle encore en me révélant le gouffre entre la vraie sexualité des gens et l'image hypocrite qu'ils affichent ? Parfois j'ai l'impression que Dieu se joue de moi, avec ces rebondissements qu'il place sur mon chemin. Pourquoi dois-je être une fois encore victime d'un dilemme moral, d'une crise de conscience ? Est-ce ma personnalité qui attire tous ces drames ? Ai-je été choisie pour aider et protéger Leila ?

Interloqué de découvrir que je connais Leila, Samir me supplie de garder tout ça pour moi. Mais comment prendre une décision dans une situation pareille ? D'un côté, il y a Samir qui m'a fait confiance en me livrant son secret, tout comme je lui ai avoué le mien. Samir qui est devenu un de mes amis les plus proches. De l'autre, il y a Leila, et le tour pervers que lui joue

Ali. Un tour dont moi et Samir sommes devenus complices malgré nous, spectateurs silencieux.

Leila s'est éloignée ces derniers mois, depuis qu'Ali est entré dans sa vie. Mais elle reste néanmoins mon amie, je l'aime et elle me manque. Tout comme me manquent les jours de la fac et les moments passés avec elle et Rana. Évidemment, elle a pris ses distances parce qu'elle est en couple, mais je digère mal cet abandon. Pourtant ce ressentiment ne justifie en rien de la tromper et de ne rien dire de la situation malsaine qui menace son avenir et la conduira à une vie de mensonges dont elle paiera le prix le jour où elle découvrira la vérité. La révélation de cette vérité sera comme un coup de poignard dans le dos. Elle la plongera dans le désespoir jusqu'à l'anéantir.

Ce poignard est aujourd'hui entre mes mains. Comme le scalpel d'un chirurgien. Est-ce à moi d'endosser ce rôle en lui révélant le mal qui couve ? Ai-je le droit de la faire souffrir de cette façon ? A-t-on réellement besoin de connaître la vérité, aussi abjecte soit-elle ? Ne devrait-on pas être libre de choisir entre savoir et ne pas savoir ?

Mais comment prendre des décisions quand c'est en d'autres mains que la vie livre les vérités qui vous concernent et quand c'est à autrui que revient le pouvoir de tracer votre avenir ? Sommes-nous responsables des choix que les autres peuvent faire pour nous ? Comment doit-on se comporter avec eux ?

Le monde est fou et nos histoires insensées. Les chemins de nos vies ne sont jamais qu'esquissés ; seul compte le fait de s'engager d'un côté ou de l'autre. La moindre de nos décisions dévie et modifie la direction prise. Ou peut-être que c'est l'interférence de ces décisions avec les histoires tout aussi tordues de notre entourage qui modifie nos choix de vie. Nos vies n'en finissent pas de s'entremêler, dévoilant de nouvelles réalités à chaque seconde qui passe.

Je suis à la croisée des chemins : tromper Samir en révélant son secret est-il plus moral que tromper Leila en lui cachant la vérité ? Est-ce la puissance de la vérité qui fait pencher la balance en faveur de Leila ? Comment puis-je faire prévaloir cet argument quand j'ai moi-même fait promettre à Samir de garder pour lui le secret de mon histoire avec Amer ?

Quelle serait ma réaction envers Samir s'il allait déballer notre liaison devant la femme d'Amer ? Si cette femme était une amie de Samir, cela l'excuserait-il ? Cela diminuerait-il mon sentiment d'être trahie ? Ce serait tellement plus simple de garder le silence. Mais je choisis de prendre le parti de Leila. Elle ne mérite pas d'être trahie de cette façon.

Même si je ne suis pas un modèle de vertu et si je fais tout pour ignorer la souffrance des autres quand elle fait obstacle à mes besoins et mes envies. Mais dans cette affaire, je me sens un devoir envers Leila, j'ai la responsabilité de la protéger en lui disant la vérité.

Je décroche le téléphone et je l'appelle. Son mariage est dans à peine une semaine.

« Il y a une chose sur Ali que tu dois savoir. Je ne peux pas te le dire au téléphone. Il faut qu'on se voie ! »

CHAPITRE VI

Salma

Les deux mariages

Deux mariages, deux épouses, deux fêtes.

Je fredonne cette rengaine sans cesse depuis ce matin quand j'ai été réveillée par les voix de ma mère et de Leila discutant du programme du jour et des ultimes préparatifs. Aujourd'hui, c'est le jour des noces de Leila. Et des miennes. Tout le monde se prépare au mariage de ma sœur depuis des mois. Mais le mien, je l'ai organisé toute seule, en cachette, en seulement quelques jours.

Deux mariages, deux épouses, deux fêtes.

La semaine passée, je chantonnais déjà ce refrain en garant ma voiture devant les boutiques de robes de mariage à Sweyfye.

Leila avait choisi la sienne depuis deux mois. Ma mère et moi l'avions accompagnée pour l'aider dans son choix. Elle était surexcitée et évoluait parmi les robes comme une princesse de Disney. Moi, j'étouffais au milieu de tous ces vêtements blancs.

Je les imaginais sur des corps d'épouses m'entourant de toutes parts. Toutes me considéraient avec un air narquois en poussant des ricanements qui résonnaient dans tout le magasin.

Deux mariages, deux épouses, deux fêtes.

Quelque temps plus tard, j'avais encore la ritournelle en tête en franchissant à nouveau les portes du magasin. Toute seule cette fois. J'ai chassé de mes pensées l'image des épouses qui s'étaient moquées de moi. Cette fois-ci je pénétrais dans l'établissement en qualité de future mariée, comme elles, et rien ne les autorisait plus à me narguer.

Toutefois, tandis que je choisissais ma robe, je voyais en pensée leurs visages me scruter. Elles me dévisageaient sans un mot, les ricanements s'étaient tus, faisant place à une moue de pitié. J'ai demandé à une vendeuse :

« Est-ce que vous en avez une noire ? »

En voyant la stupeur se dessiner sur son visage, j'ai ajouté tout de suite :

« Je plaisantais. »

J'ai choisi une des plus belles robes. Je voulais être sublime pour mon mariage. Comme tout le monde allait le célébrer avec moi, il me fallait être aussi resplendissante que possible. J'ai porté la robe jusqu'à ma voiture et l'ai rangée dans le coffre, en chantonnant toujours :

Deux mariages, deux épouses, deux fêtes.

Après un long temps de patience, le jour de mes noces est enfin arrivé. J'observe en silence tout le monde s'affairer autour de Leila, chacun redoublant d'attentions pour elle. Personne ne prend garde à moi. Personne ne devine qu'aujourd'hui on fêtera aussi mon mariage. Je suis la mariée transparente. Je suis la mariée invisible. Toute seule dans mon coin, je contemple le tourbillon autour de Leila.

L'activité principale du jour consiste à se rendre au salon de beauté. Leila, ma mère, la femme de mon frère et moi y allons toutes ensemble. Il nous faut trois heures pour nous faire coiffer et maquiller en vue de la soirée. Leila a besoin de plus de temps que ma belle-sœur et moi. Pour ma mère aussi il faut une éternité. À chaque fois que le styliste achève son travail, elle éclate en sanglots. Il nous faut attendre que le maquilleur se remette à la tâche. Ma mère pleure de joie pour Leila, mais c'est une joie mêlée de tristesse à l'idée de devoir se séparer d'elle. Elle ignore que ce soir elle se séparera non pas d'une, mais de deux de ses filles.

Il faut toujours prendre garde à ce que l'on désire. Tout peut arriver si soudainement, d'une façon totalement inattendue.

Deux mariages, deux mariées, deux fêtes.

Je conduis ma mère à l'*Intercontinental,* où doit se dérouler le mariage, puis je la quitte en lui disant que je reviens tout de suite. J'ai tout planifié. J'ai préparé tout le nécessaire que j'ai caché dans le coffre de ma voiture. Je me mets au volant et je me dirige vers Jabal al Husayn, puis vers Jabal al Qal'a, la Citadelle. C'est de cette colline que je veux m'adresser à cette ville maudite. Une colline chargée de son passé, une colline témoin des lamentations de ses filles et de ses mères. Aujourd'hui, je veux lui lancer un cri au visage. Je veux que l'écho de ma voix trouve des oreilles prêtes à l'écouter.

Hier, j'ai écrit sur mon blog :

Dans plusieurs cultures et civilisations, lors d'une catastrophe, les hommes avaient coutume de sacrifier une ou plusieurs personnes. Ils s'imaginaient devoir accomplir ce rituel pour apaiser un dieu en colère ou un esprit maléfique. Dans la plupart des cas, la victime était une jeune vierge offerte comme symbole de fertilité pour implorer la magnanimité du dieu.

Le rite du sacrifice n'est plus en usage dans nos sociétés modernes où l'on croit que la violence peut être évitée au moyen d'un solide système législatif garantissant la justice sociale. Mais quand les lois ne parviennent plus à endiguer les injustices, il devient difficile d'éviter la violence et l'autosacrifice ressurgit comme solution envisageable.

Dans un système de justice politique, sociale et économique performant, les récents attentats-suicides ne se seraient jamais produits. La femme palestinienne qui s'est fait exploser à Tel-Aviv a mis en lumière les injustices endurées par un peuple entier dépossédé de ses droits. Elle n'est pas très différente de la femme que je suis, privée de la protection d'une législation moderne qui lui permettrait de s'affranchir du poids des contraintes familiales et des traditions culturelles régissant ses rapports sociaux et sa condition de femme.

Aujourd'hui je choisis de me sacrifier. Peut-être qu'ainsi mon image s'imprimera dans la mémoire collective et suscitera une prise de conscience. Peut-être que s'instaurera un débat public pour un changement de société qui fera que les mères n'exercent plus à l'avenir une telle oppression sur leurs filles et leur laissent mener la vie qu'elles souhaitent.

J'arrive à la Citadelle. Je me gare dans une rue adjacente, puis j'ouvre le coffre et en sors tout ce que j'ai préparé pour la soirée : ma robe, ma poupée Yasmine, la photo de mon neveu, mon smartphone. Et une lame de rasoir.

Je me glisse entre les ruines romaines parmi les ombres du soleil couchant et je me dirige vers la place derrière le château. Je pose la poupée Yasmine et les autres affaires sur le sol. Je m'abrite derrière une colonne pour me changer. Il ne me faut que quelques instants pour me métamorphoser en mariée. Une mariée se dressant au sommet de la ville, prête à se sacrifier.

Je pose la photo de mon neveu sur un rocher, j'allonge la poupée sur le sol. J'allume mon téléphone portable et le positionne sur le rocher devant moi. Je braque l'appareil dans ma direction, puis je crée un lien vers mon blog pour que tout le monde puisse recevoir mon message. Je saisis la lame de rasoir. Je la lève vers le ciel. Me voilà prête à prononcer mon discours. Je clame mon amour à ma ville.

« Tu veux que je sois une mariée ? »

Je crie plus fort encore.

« Tu veux que je sois une mariée ? »

Je me tais, fixe la caméra, puis continue :

« Ma chère ville, je suis ton épouse ! Suis-je digne de toi, ma cité bien aimée ? Et maintenant, maman, suis-je assez bien pour toi ? »

Des larmes jaillissent de mes yeux. Le sang gicle sous la lame lorsque j'entaille mon poignet droit. Quand je sèche de la main les larmes qui mouillent mes joues et ma robe, le sang s'étale sur mon visage. Je lève la paume en l'air et je crie :

« Ceci est le sang de ton épouse. Le sang de mon honneur préservé pour ce moment, Amman ! »

Ma tête se met à tourner et j'ai l'impression d'entendre l'écho de voix qui chantent au loin. Des voix d'anges qui psalmodient l'hymne nuptial de mon entrée dans la salle des noces.

Salma, ô Salma
Vierge, parfaite et pure Salma

Je manque de perdre l'équilibre et de m'affaler, mais je me ressaisis et poursuis :

« J'ai joué le jeu, j'ai suivi tes règles et tes coutumes. J'ai été une femme obéissante et vertueuse. Je n'ai jamais fréquenté d'homme. J'ai brillé dans mes études et excellé dans mon métier. J'ai travaillé et soutenu mon père. J'ai secondé ma mère dans ses tâches. Mais tout cela n'était jamais assez. »

Salma, ô Salma, notre belle mariée Salma

« Je me suis privée de tout ce dont j'avais envie, de tout ce que je désirais vraiment dans cette vie, et cela juste pour toi. Mais tout ça n'était jamais assez. Jamais assez… »

Je taillade la veine de mon bras gauche. Je poursuis ma plainte :

« Est-ce là le sang que tu attendais pour mes noces ? Est-ce là le sang qui fait de moi une femme complète ? »

Mon corps s'engourdit. Je tombe par terre. Je contemple Yasmine, rampe vers elle. Je veux la serrer contre moi une dernière fois avant de quitter ce monde. J'entends les voix se rapprocher et devenir plus fortes.

Salma, ô Salma
Notre belle mariée Salma
Salma, notre mère Salma
Salma, notre sœur Salma

Ô Salma, te voilà en robe de mariée
Ô Salma, vers les cieux résonne ton cri muet

Vous toutes, sœurs silencieuses
Apprêtées, fardées, gracieuses
Effacées sous votre hijab
Ignorées dans votre niqab
Ou la chevelure au vent

Cloîtrées en appartements
Dans la rue surveillées
À vos bureaux épiées
Passant de peur en peur
Fuyant l'œil accusateur

Rassurées par vos miroirs
Soulignant vos yeux de noir
Peignant en rouge vos sourires
Brûlant vos corps à la cire

Vous épuisez vos prières
Dans l'espoir d'une couronne
Célébrant votre lumière
Pour rendre son ombre à l'homme

Ô Salma, vois le sang de ta première nuit
Ô Salma, te voici enfin femme aujourd'hui

Vous toutes, sœurs silencieuses
Respectables, vertueuses
Effacées sous votre hijab
Ignorées dans votre niqab
Ou la chevelure au vent

Votre honneur vous précédant
Étouffant une faiblesse
Une si grande tristesse
Passant de peur en peur
Fuyant l'œil accusateur

Cachées jusqu'aux chevilles
Pour que rien de vous ne brille
Dissimulant sous l'habit
vos ardeurs et vos envies

Vous épuisez vos prières
Dans l'espoir d'une couronne
Célébrant votre lumière
Pour rendre son ombre à l'homme

Ô Salma, une lame a remplacé l'époux
Ô Salma, ton geste vient briser le tabou

Et vous, ses sœurs, criez
Furieuses et révoltées
Effacées sous votre hijab
Ignorées dans votre niqab
Ou la chevelure au vent

Dressant le drapeau sanglant
Revendiquant la justice
Pour que vos rêves surgissent
Armées d'un savoir tranchant

Vous luttez dans l'obscurité
Pour la vie tant espérée
En attendant l'arrivée
D'un homme enfin éclairé

Salma tombe la nuit de son mariage
Elle laisse les rênes à ses sœurs en gage

Toutes ses sœurs silencieuses
Révoltées et furieuses
Effacées sous leur hijab
Ignorées dans leur niqab
Ou la chevelure au vent

Un cri du sang comme une prière
Pour la justice et sa lumière

Salma, ô Salma
Notre belle mariée Salma
Salma, notre mère Salma
Salma, notre sœur Salma

Je clos mes paupières et je murmure :

« Sois juste avec mes sœurs. »

Puis, dans un souffle :

« *Deux mariages, deux mariées, deux noces.* »

Leila

Deux noces

Comment le destin peut-il en un clin d'œil vous précipiter des sommets du bonheur dans l'abîme du désespoir ? Vous vivez votre rêve, vous avez planifié la plus belle soirée de votre vie, vous pensez tous vos désirs enfin comblés. Puis, en un instant, vous voilà dépouillée de tout, jusque du goût de la vie, redoutant même des jours meilleurs.

Cette mort est-elle le fruit amer d'une malédiction, d'un sinistre alignement d'étoiles conçu pour faire de mon mariage une tragédie ? Sans doute mon avenir était-il déjà écrit. Je ne suis pas destinée à voir mon bonheur s'accomplir, mais à subir la disparition de ceux que j'aime.

Ce matin je me suis levée de bonne heure avec un poids sur la poitrine, comme si mon cœur pressentait l'horreur imminente, comme s'il essayait de me préparer, de m'avertir de ne pas trop me réjouir, devinant que la chute serait douloureuse. J'ai été saisie par un sentiment étrange. Ou plutôt par une absence de sentiments. En réglant les derniers préparatifs avant la fête, j'étais tendue et angoissée. Je me déplaçais et j'agissais machinalement, allant de l'un à l'autre comme un robot.

Est-ce un paradoxe inscrit dans la nature humaine ? De loin, tout ce que nous convoitons nous paraît irrésistible. Mais quand nous nous en approchons, tout s'affadit soudain et perd son charme. Nous vivons tellement dans nos fantasmes que lorsqu'ils se réalisent, la magie que nous avons éprouvée durant l'attente s'évanouit. Pourquoi une fois nos rêves atteints, sommes-nous incapables d'en jouir ? Cela tient sans doute à notre peur. Peur de ruiner tout ce que nous avons construit après avoir accompli l'impossible, peur de devoir recommencer à zéro.

Le matin du mariage, je n'ai pas trop prêté attention à Salma. Je n'ai pas pensé à lui demander comment elle allait. Je n'ai pas compris que quelque chose clochait quand elle m'a serrée dans ses bras et m'a murmuré à l'oreille :

« Ne te fâche pas. Je t'aime tellement. »

À ce moment-là, il ne m'est pas venu à l'esprit de me demander pourquoi elle m'avait dit ça. Je n'ai même pas cru bon de lui répondre. J'ai pensé que je n'avais pas bien entendu et que ça ne devait pas être important. Je ne me souciais que de moi, ce jour-là était mon grand jour. Dans mon esprit, j'étais comme une reine et tout devait tourner autour de moi. Je ne m'inquiétais de personne. C'était aux autres de s'occuper de moi, d'être aux petits soins et de satisfaire tous mes caprices.

J'ai été affreusement égoïste. Je n'ai pas su voir la douleur sur le visage de Salma. J'ai été aveuglée par mon désir d'être heureuse, oubliant toute solidarité à l'égard de ma sœur. Inconsciemment, j'avais refusé de mesurer l'impact que mon mariage pourrait avoir sur elle Je la croyais assez forte pour ne pas se laisser affecter. D'habitude, l'annonce des fiançailles d'une connaissance lui mettait le moral à zéro. Mais dans mon cas, elle n'avait rien laissé paraître. Au contraire, elle avait toujours été à mes côtés pour me soutenir et m'aider dans tous les préparatifs.

Je me sens tellement coupable. Comment ai-je pu causer tant de peine à ma sœur sans même m'en apercevoir ? Elle a souffert en silence, gardant tout pour elle, jusqu'à ce que cet abcès éclate le jour précis de mon mariage. Oh, Salma, comme tu me manques déjà !

Le soir du mariage, ne la voyant nulle part, nous nous inquiétons de plus en plus de son absence. Dans un premier temps, nous nous rassurons en nous disant qu'elle va arriver d'un moment à l'autre. Son retard finit cependant par nous alarmer. Elle ne répond pas sur son portable. Mon frère décide de partir à sa recherche.

Je suis dans tous mes états. J'essaie de dissimuler mon inquiétude aux invités pour ne pas gâcher la fête. Mais, discrètement, je demande de ses nouvelles toutes les deux minutes, les yeux rivés sur les danses comme si de rien n'était.

La nouvelle tombe au moment où la musique s'arrête pour laisser place au dîner. Tous préféreraient me la cacher mais je m'aperçois qu'il se passe quelque chose quand je vois ma mère s'évanouir devant un ordinateur. À ses côtés, quelqu'un s'exclame : « C'est Salma ! Je crois qu'elle est en train de faire passer son suicide en direct sur son blog ! »

En un instant, le mariage se transforme en funérailles et la joie en désespoir.

Tous les invités quittent la salle atterrés, exceptés ma famille, celle d'Ali et quelques proches. Au début, nous ne pouvons y croire. Personne n'est au courant que Salma écrit sur internet, encore moins que c'est elle *La vieille fille jordanienne,* une des blogueuses les plus suivies de Jordanie.

Les hommes font cercle autour de l'écran pour s'assurer que tout cela est bien vrai. Ils tentent sans succès d'éloigner mon père et mon frère de l'affreuse scène. Eux aussi veulent voir de leurs propres yeux. Tout comme moi.

Je n'arrive pas à croire à ce que je vois se dérouler juste devant moi. Salma porte une robe semblable à la mienne. Deux mariées, le même jour. Deux sœurs. Quelle vision effarante ! Elle pleure derrière l'écran. Je pleure devant. Je voudrais déchirer ma robe, la mettre en lambeaux. Je voudrais y mettre le feu, mettre le feu à ce lieu, à cette noce et remonter le temps, me retrouver aux côtés de Salma, la serrer contre moi, lui dire que je ne vais plus me marier, que jamais je ne me marierai, que je déteste les mariages — et les mariées !

Depuis cette nuit, l'image et la voix de Salma ne me quittent plus. Et je sais qu'elles me poursuivront toujours. Sans Ali, jamais je n'aurais pu supporter ma peine et ma douleur. Jamais je n'aurais pu espérer une tendresse telle que celle que j'ai ressentie dans ses bras. Je me suis laissée aller et j'ai donné libre cours à mes larmes tandis qu'il me serrait contre lui. Il m'embrassait sur le front et essuyait mes pleurs du bout de ses doigts. Nos premiers baisers. Ces baisers que j'avais si longtemps espérés, je les recevais le jour où j'avais perdu jusqu'au goût de les savourer.

Cette nuit-là, je n'ai pas pu me résoudre à accompagner Ali chez lui, comme l'aurait fait toute jeune mariée. La force me manquait pour commencer ma nouvelle vie. Je voulais m'agripper à l'ancienne, celle avec Salma.

Je suis retournée dans la chambre que j'avais partagée avec elle. Je l'ai imaginée à mes côtés, comme elle l'avait toujours été. J'ai fermé les yeux et j'ai senti sa présence, tout près de moi. J'ai eu l'impression de respirer l'odeur des cigarettes qu'elle avait l'habitude de fumer devant la fenêtre la nuit et j'ai presque eu le réflexe de lui demander d'arrêter. J'ai ouvert les yeux, mais elle n'était pas là.

J'ai fouillé dans ses affaires. J'y ai trouvé un paquet et des allumettes. J'ai sorti une cigarette, je l'ai allumée et je l'ai fumée debout, là où elle avait l'habitude de se tenir, comme si je voulais lui demander pardon, lui dire que j'étais là, à côté d'elle, avec elle, toute à elle.

J'ai passé une semaine dans cet état. Devant l'insistance de mes parents, j'ai finalement accepté de rejoindre la maison de mon mari. Même si notre famille avait vécu une tragédie comme personne n'en avait jamais connu et si les circonstances étaient exceptionnelles, il n'était toutefois pas convenable que la mariée demeure loin de son foyer durant une si longue période, surtout après ses noces.

Pendant cette semaine, Ali est venu nous rendre visite tous les soirs. Il était patient et compréhensif. Il ne semblait pas contrarié par la situation et ne m'a rien imposé. Il me laissait me remettre. Ma mère et mon père, eux, insistaient, me répétant que ça ne pouvait pas continuer comme ça. Il fallait que je me décide à vivre avec mon mari.

Je suis entrée dans son appartement pâle comme un fantôme. Mon sentiment de culpabilité envers Salma me détournait du rôle d'épouse que j'étais censée remplir. Ali et moi, nous nous sommes mis d'accord pour attendre quarante jours avant de consommer le mariage, par respect envers Salma.

La quarantième nuit arrive. Je ne sais pas ce que je dois faire. Ali ne prend aucune initiative pour obtenir ce qui lui revient de droit en tant que mari. Peut-être qu'il respecte mes sentiments et attend que je sois prête. De mon côté, même s'il est mon époux légitime, j'ai honte de lui dire, ou même de lui manifester, mon désir de faire l'amour avec lui.

Ce soir, le souvenir des quelques événements qui ont précédé le mariage refait surface. Deux semaines avant mes noces, j'ai appris que Rana était tombée enceinte et qu'elle était partie avec Jantay en Suède. Je n'arrivais pas à y croire. Impossible d'accepter l'idée que Rana ait pu faire une chose pareille. Comment avait-elle pu fuir la maison de ses parents sans rien dire et les humilier de cette façon ? Je craignais que cette nouvelle ne m'affecte personnellement et n'entache ma réputation.

Nous étions de bonnes amies à l'université. Qui se ressemble s'assemble. L'honneur de l'une est lié à celui de l'autre.

J'ai décidé de ne pas en parler à Ali. J'espérais juste que la nouvelle ne lui parviendrait pas aux oreilles ni à celles de sa famille. Quelques jours après son appel, j'ai donné rendez-vous à Hayat pour entendre ce qu'elle avait à me dire à propos d'Ali. Son ton au téléphone avait laissé présager quelque chose de terrible, comme si j'allais être l'objet d'une malédiction. Mais peut-être que la malédiction avait été de la rencontrer.

« Ali est gay », m'a-t-elle annoncé sans prendre de gants.

Jamais je ne l'aurais imaginé capable d'une chose pareille... Oser venir me dire, deux semaines avant le mariage, que mon fiancé était gay. Était-elle devenue folle ?

Au début, je n'ai rien compris à ce qu'elle me disait. Comment Ali pouvait-il être gay, viril comme il l'était ? Elle a même eu le culot de m'expliquer que les homos ne sont pas forcément efféminés. Et elle a dépassé les bornes en me demandant s'il avait jamais essayé de m'embrasser ou de me toucher pendant les fiançailles.

Je lui ai hurlé de se taire. Ali est un homme bien élevé. Il ne m'a pas fait d'avances sexuelles parce qu'il me respecte et me considère comme une femme honnête, avec des principes moraux et religieux. Pas parce qu'il est gay. Et même s'il a eu des expériences par le passé, s'il a couché avec des hommes comme elle le prétend, ça doit être seulement par frustration, parce qu'il n'avait pas de femme pour satisfaire ses besoins.

Le passé est le passé. Ali n'est pas ou n'est plus gay. Il m'aime et il va m'épouser. Il faut qu'elle la ferme et arrête de colporter des mensonges. Dans la foulée, je lui ai annoncé que notre amitié s'arrêtait là. Et qu'elle n'était plus la bienvenue à mon mariage.

J'avais tant fantasmé sur cette soirée magique, tant rêvé de la partager avec Rana, Hayat et Salma que sans elles la fête de mes noces m'a semblé affreusement fade. Sans joie.

Tout ça est derrière moi. Ce soir, je veux aller de l'avant.

Je redoute un peu notre première nuit. Je ne me suis jamais trouvée seule avec un homme. Le peu de conseils que ma mère et mes amies m'ont prodigués ne suffit pas. Leur première recommandation : le laisser seul gérer l'affaire. Selon elles, au lit, il faut laisser l'homme prendre les devants. Si je lui laisse voir ne serait-ce qu'un mouvement d'excitation, il pourra s'imaginer que ce n'est pas la première fois et que j'ai déjà été avec un autre homme. Tous les conseils qui ont suivi ont été contradictoires et n'ont fait qu'augmenter mon angoisse.

Ali remarque à mon allure que je suis prête. Je me suis maquillée et coiffée avec soin. Je me suis parfumée. Je me suis faite belle pour lui. Il s'approche de moi et m'embrasse le front. Il me serre contre lui et passe sa main sur ma joue, puis caresse une mèche de mes cheveux. Il avance sa tête vers la mienne, toujours plus proche, jusqu'à ce que nos lèvres se touchent. Il est doux, comme s'il sentait mon trouble. Je perçois, moi aussi, sa nervosité. L'espace d'un instant, j'ai l'impression qu'il s'agit d'un rite de passage obligé, qu'il faut accomplir pour parvenir à fonder un foyer.

Un frisson me parcourt quand sa langue vient caresser la mienne. Je tends le bras pour rapprocher sa tête. Il s'éloigne et me contemple. Puis il ôte sa chemise et commence à dégrafer les boutons de mon chemisier d'une main tremblante. Je sens le désir m'envahir quand il retire le reste de ses vêtements et m'enveloppe de ses bras. Je me sens perdue. Ali semble aussi embarrassé que moi. Je dois laisser ma pudeur de côté pour lui venir en aide. Il hésite à me toucher la poitrine et c'est à moi de guider ses doigts sur mes seins. Il lui faut du temps pour parvenir à me pénétrer. Il s'y prend si mal que je dois lui demander à plusieurs reprises de s'arrêter et de prendre son temps. C'est une nuit pénible, mais à la fin nous en venons à bout. Notre mariage est consommé.

Ali

Première nuit

Les examens sont faits pour révéler nos qualités et nos faiblesses. Depuis tout petit, j'ai pris l'habitude de calmer ma peur des examens en m'interdisant de penser au résultat. À l'école, je révisais du mieux que je pouvais, puis je m'en remettais à Dieu. J'entrais en classe avec les nerfs en boule. J'écrivais tout ce que j'avais mémorisé et je me dépêchais de rendre ma copie. La première nuit que nous passerons dans le même lit sera l'épreuve la plus difficile de ma vie. L'angoisse me tétanise mais, comme pour tout examen, je me prépare et je compte sur l'aide de Dieu.

Je cherche des conseils auprès de gays, célibataires ou mariés. Je n'ai jamais été avec une fille et le corps d'une femme me rebute. Malgré mon amour pour Leila, je n'éprouve aucun désir pour elle. Pour certains de mes amis, la situation est si inconcevable qu'ils ne trouvent rien à me dire. D'autres me recommandent de prendre du Viagra. En dernier recours, on me conseille de réserver pour Samir une chambre à côté de la suite nuptiale pour commencer par m'exciter avec lui, puis de rejoindre Leila pour accomplir mon devoir conjugal. Cette idée est si grotesque que Samir et moi l'écartons sur le champ. Tout cela ne m'avance guère et je n'arrive toujours pas à m'imaginer gérer la situation. Je choisis de temporiser pour voir comment les choses évolueront, exactement comme je le faisais à l'école.

Les circonstances font que l'inévitable nuit est reportée. Me voilà avec quarante jours de sursis mais aussi d'appréhension, comme celle que j'ai vécue durant nos fiançailles.

« Le malheur des uns fait le bonheur des autres. » Ce dicton décrit parfaitement mon cas et j'en ai honte. J'ai beau être dévasté par la perte de Salma et la peine de Leila, une partie de moi se sent soulagée à voir reporté ce moment fatidique. Ce drame me permet de trouver un répit pendant quarante nuits supplémentaires.

Lorsque nous apprenons, le soir du mariage, l'horrible nouvelle du suicide de Salma, il me paraît évident de repousser la date de notre nuit de noces. Lors de l'installation de Leila, une semaine plus tard, nous convenons du bien-fondé de cette décision. Je me sens sincèrement coupable de prendre comme prétexte le respect dû à Salma, mais ce choix semble justifié à Leila.

Quand arrive la quarantième nuit, je n'ai plus d'excuse pour m'esquiver. Je dois me comporter en homme et prendre la situation en main. C'est tellement dur de faire violence à la fois à son corps et à son esprit. Mais prendre l'initiative lorsqu'on est le dos au mur devient presque impossible. Pourtant Leila m'y contraint. Son allure ne laisse aucun doute : elle est prête et attend de moi que je fasse le premier pas. Elle s'est maquillée, parfumée et coiffée dans le but de m'exciter. Elle est magnifique mais me laisse de marbre.

Je m'approche d'elle. Je la prends dans mes bras, je plaque un baiser sur son front, puis un autre sur ses lèvres. Sa douceur, sa gracilité et le parfum qui émane d'elle anéantissent tout désir en moi. L'angoisse me paralyse pendant d'interminables minutes mais je finis par me reprendre. J'ai peur qu'elle ne remarque mon dégoût. Je suis terrorisé à l'idée que mon corps me trahisse et m'humilie. Pour faire naître mon désir, je ferme les yeux pour me figurer le corps de Samir. Dès notre première nuit, je suis infidèle à Leila. Je ne peux venir à bout de ma tâche sans une pilule de Viagra et l'image d'un homme dans ma tête.

C'est une véritable épreuve. Sans envie ni excitation, ce n'est pas même du sexe. Je n'en éprouve que de la répulsion. Tout en moi cherche à échapper à ce corps qui semble vouloir me violer, forcer mon envie et dominer ma volonté. Je me force à continuer et à bouger comme je le fais avec Samir. J'embrasse Leila à plusieurs reprises. Au moment où ma langue frôle la sienne, je sens son excitation. J'ai un mouvement de dégoût. Je me recule un instant, puis la serre à nouveau contre moi et continue. Cette nuit, j'ai rempli mon devoir, j'ai passé l'examen. Avec écœurement et sans gloire.

Je ne sais pas ce que Leila a pu ressentir, si elle a deviné qu'un malaise venait de se glisser dans notre couple. Cela dit, elle ne doit pas avoir trop d'attente dans ce domaine vu son absence d'expérience jusqu'ici. Elle doit savoir que la première nuit n'est jamais parfaite. Notre stress s'atténuera certainement avec le temps. Pourtant, de mon côté, la perspective des jours et des nuits à venir ne fait qu'augmenter mon angoisse. Notre mariage est tout récent, on devrait faire l'amour constamment. Mais si la première fois a été pénible, Dieu sait comment se passeront les suivantes.

CHAPITRE VII

Rana

Une Arabe en Suède

Stockholm est sans doute une des plus belles capitales du monde. Elle s'étend sur quatorze îles reliées entre elles par cinquante-sept ponts. Son architecture est splendide avec ses enfilades de bâtiments juxtaposés aux couleurs pastel variant du jaune au rouge brique. Tout le contraire d'Amman, avec ses constructions blanches et espacées. La verdure des parcs et ces eaux qui m'environnent me donnent l'impression d'avoir atterri sur une autre planète, tellement loin de la Jordanie et du monde que j'observais de ma fenêtre.

Pourtant toute cette beauté ne signifie rien pour moi. Je ne suis pas là pour le tourisme. J'ai pris la fuite. Avec un homme. Nous sommes encore étudiants et nous sommes en fuite. Dans mon ventre, je porte un enfant innocent qui verra le jour dans un pays très loin du sien, avec pour mère une paria dont la famille souhaite la mort et réclame le sang.

Lorsque le père de Jantay lui expose la situation, mon père entre dans une colère noire. Il le couvre d'insultes et profère les pires menaces. Pour tenter de le calmer, le père de Jantay lui garantit que tout va être régularisé, que Jantay va m'épouser selon le rite chrétien dans une église catholique en Suède. Mais mon père ne désarme pas. Même les photos de notre mariage que nous lui envoyons ne parviennent pas à apaiser sa fureur.

Ce mariage, nous l'organisons à la hâte aussitôt après notre arrivée à Stockholm. L'oncle de Jantay, qui a émigré en Suède avec sa famille, nous aide dans les formalités. Au début, il est opposé à l'idée de voir Jantay se marier à église, mais il cède bientôt devant l'urgence de la situation, comprenant que cette démarche est indispensable.

Les photos de la cérémonie sont lugubres. Sans famille ni ami, l'église est presque vide. Tout le contraire d'un mariage à Amman. Ma famille ne figure pas dans le cadre. Il est bien loin mon rêve d'enfance de la voir rassemblée autour de moi pour célébrer mes noces. Comme moi, les photos semblent orphelines. On peut nous y voir tous les deux seuls, moi en robe blanche et Jantay en costume noir, ou uniquement entourés de sa famille à lui, son oncle à sa droite, sa tante voilée à sa gauche. Leurs deux fils se tiennent à côté de leur fille.

À Amman, les hommes de ma famille se réunissent pour décider de me bannir officiellement. Ils exigent que mon père et ma mère coupent les ponts avec moi. Selon eux, j'ai souillé l'honneur de toute la famille. Je leur fais honte. Pour la société jordanienne, ma grossesse, ma fuite et mon mariage ne concernent pas que moi ; cette affaire affecte tous les parents proches ou lointains. Mes cousines mêmes seront marquées par ce déshonneur. Si la famille ne me renie pas publiquement et ne coupe pas tout lien avec moi, les prétendants se garderont bien de frapper à leur porte. En principe, pour effacer ma faute, il faudrait me tuer. Mais grâce à mon exil et au bon sens de quelques-uns, le bannissement suffit.

Ce qui m'afflige le plus, c'est la position dans laquelle j'ai mis mon père. J'ai toujours été très proche de lui. Je n'ose même pas imaginer la tristesse dans ses yeux, la honte sur son visage face aux hommes de la famille. Je me souviens du jour où mon cousin est venu me voir à l'université pour me menacer. Je l'imagine aujourd'hui assis parmi les autres mâles, exhibant son orgueil machiste face à mon père.

Cette séparation d'avec mon père me pèse beaucoup. Il refuse de me parler au téléphone. Maman aussi est furieuse, mais elle est avant tout morte d'inquiétude. Elle garde le contact avec moi et m'appelle tous les jours en cachette pour s'assurer que je vais bien. D'une voix étouffée et noyée de larmes, elle me répète qu'elle m'aime. Elle a peur de me perdre. Elle se moque de l'opprobre lancé par la famille. On la juge aussi coupable que moi ; c'est elle qui m'aurait mal élevée.

Jantay et moi emménageons à Radmagdastan, un quartier calme, entre le nouveau et l'ancien centre-ville. On se déplace sans peine à Stockholm avec le métro qui relie tous les arrondissements entre eux en seulement quelques minutes. Mais j'ai du mal à me faire aux rigueurs du climat. Nous sommes arrivés fin octobre et la température atteint déjà celle des jours les plus durs de l'hiver à Amman. Je n'ose pas imaginer le froid qui nous attend dans les mois à venir. La diminution des heures de soleil n'aide pas. Heureusement, la chaleur humaine des Suédois et les bras de Jantay me font oublier la météo et l'allongement des nuits.

Je fais la connaissance de Charlotta, une voisine. Nous devenons bientôt bonnes amies. Sa peau est si blanche qu'on dirait de la neige et son sourire lumineux me rappelle l'éclat du soleil. Sa gentillesse n'a pas de limites. Elle a deux petites filles, de vrais petits anges, l'une âgée d'à peine quelques mois et l'autre de quatre ans. Des larmes lui coulent sur les joues tandis que je lui raconte mon histoire et les circonstances qui nous ont contraints à fuir en Suède.

Nos parcours sont à la fois proches et lointains. Elle avait à peu près mon âge lorsqu'elle est tombée enceinte de son compagnon et s'est installée avec lui. Mais ces choix n'ont jamais mis sa vie en danger. Ils vivent sous le même toit et s'occupent ensemble de leurs deux adorables fillettes sans qu'un cheikh, un prêtre, ou même un document officiel aient légitimé leur situation. Ils ont prévu de se marier l'été prochain. Pourtant leur relation, à nos yeux illicite, ne leur a jamais causé de problèmes ; ils ne risquent ni déshonneur ni rejet de la société. Bien au contraire, ils peuvent jouir de tous leurs droits civils, comme n'importe quel citoyen suédois. Ils bénéficient chacun d'un an de congé parental à prendre à leur convenance durant les deux premières années du bébé. Charlotta a décidé de s'occuper des enfants la première année, mais comme elle doit bientôt reprendre le travail, Johnny, son compagnon, va prendre la relève pour la seconde année.

Tout cela me rend un peu jalouse mais m'interroge surtout. Comment la société suédoise est-elle parvenue à considérer comme tout à fait normales des situations qui chez nous provoqueraient des tragédies ? Je ne peux pas m'empêcher de comparer la Suède à la Jordanie. Je trouve désolant que dans mon pays, malgré nos difficultés économiques, toutes les occasions soient bonnes pour nous imposer plus de contraintes et nous compliquer la vie.

Ici, j'ai rencontré une mère non mariée, sereine et épanouie, qui élève ses deux enfants sans avoir à s'inquiéter pour l'argent ou à redouter un jugement social. Elle n'a besoin ni de voiture ni de maison luxueuse. Elle loue un modeste appartement avec deux chambres, une pour elle et Johnny et une pour les enfants. Sa vie est simple, sans aucun souci.

Elle est toujours d'humeur égale et sourit tout le temps. Seule l'injustice la met hors d'elle. Je ne l'ai vue se mettre en colère que deux fois depuis que je la connais : la première quand je lui ai raconté mon histoire, la seconde quand elle a appris une nouvelle attaque de l'armée israélienne contre Gaza. Face à l'injustice, elle est toujours prête à faire entendre sa voix. Le lendemain du début de la guerre, elle a emmitouflé ses enfants et avec son compagnon elle est sortie rejoindre un groupe de manifestants pour dénoncer l'agression israélienne. Et le jour où elle a appris mes malheurs, elle voulait absolument prendre le téléphone pour sermonner ma famille. Je suis arrivée à la convaincre d'y renoncer par respect pour moi.

Elle est toujours à mes côtés pour me conseiller dans ma nouvelle vie. Elle a trouvé pour moi les adresses des associations d'aide aux migrants. Un jour, nous sortons ensemble en ville pour une *fika,* la traditionnelle pause-café suédoise. Une fois installées, elle traduit pour moi les titres du journal. Nous tombons sur un reportage sur l'augmentation des opérations de reconstruction d'hymens en Suède. Je tombe des nues. Dans un journal arabe, étant donné le statut sacré de la virginité, un tel article ne m'aurait pas surprise. Mais jamais je n'aurais imaginé le découvrir dans la presse d'un pays si fier de son ouverture d'esprit et de sa liberté sexuelle. Charlotta poursuit sa lecture. On y explique que cette pratique est surtout répandue dans les communautés arabes et musulmanes. La Suède compte environ cinq pour cent de musulmans et leur intégration constitue un défi pour toute la société. Cette communauté me déconcerte. Son attachement à ses traditions ne semble connaître aucune barrière géographique ou sociale. Elle transporte sa culture et ses coutumes où qu'elle aille et elle y recompose des microsociétés en tout semblables à celle du pays d'origine de ses membres. Les problèmes des Arabes de Suède ne diffèrent en rien de ceux qui sont restés au pays. Les femmes du Proche-Orient, où qu'elles soient, portent le poids du passé et de la tradition. L'honneur des hommes arabes est cramponné au sexe de leurs femmes, à Amman comme au Caire, à Chicago comme à Stockholm.

Nous, les femmes arabes, aurons-nous la force de transformer notre société et d'y imposer de nouvelles règles ? Ou les seules chanceuses sont-elles celles qui peuvent s'en échapper et embrasser une nouvelle culture ?

Leila

Oum Hassan

Ici, en Jordanie, nous les femmes, on s'efforce toujours de plaire à tout le monde. Le chemin qu'on nous impose est déjà tout tracé, jalonné de devoirs à respecter et d'objectifs à accomplir. Et si nous ne remplissons pas ces conditions, le regard de notre entourage change et nous perdons le respect de nos proches.

Premier objectif : obtenir un diplôme universitaire ; deuxième, le plus important, se marier. Le troisième objectif repose sur notre capacité à mettre des enfants au monde. Si le diplôme se mesure en notes et la réussite du mariage à l'âge et à la situation financière du mari, le mérite parental se jauge au sexe du bébé — même si cette exigence s'est un peu assouplie dernièrement. Avoir un garçon, c'est la réussite absolue, une fille, c'est à peine satisfaisant. Dans le cas où le premier enfant est une fille, les parents doivent se remettre à la tâche jusqu'à l'arrivée d'un petit mâle. Si c'est un garçon, il faut évidemment lui offrir un frère.

Je remercie Dieu de m'avoir sauvée de ma belle-mère et de mes parents qui ne cessaient de me harceler pour savoir quand je tomberais enceinte. Trois mois à peine après le mariage, ça y était. Ali et moi avons décidé de laisser les choses se dérouler naturellement sans rien programmer. Ni préservatif ni stress. Et c'est tout simplement qu'est tombée un beau jour la nouvelle de ma grossesse, à la joie de tout le monde. Ali et moi attendions avec hâte l'arrivée d'un enfant pour compléter notre foyer, mon père celle d'un nouveau rejeton pour sa descendance et la mère d'Ali d'un premier petit-fils pour la combler. Je rends grâce à Dieu quand j'apprends que ce sera un garçon.

Même si je désirais secrètement une fille à qui donner le nom de Salma en l'honneur de ma sœur, je suis tellement heureuse de voir les regards d'Ali, de sa mère et de mes parents débordants de satisfaction et de reconnaissance. Je vois briller des étincelles de joie dans les yeux de ma belle-mère quand ils croisent les miens. Elle n'en finit pas de me complimenter et de se pavaner devant ses proches et ses amies.

Dans sa bouche, en une nuit, mon nom a changé. Je ne suis plus Leila, désormais je m'appelle « Oum Hassan », mère de Hassan, du prénom de son défunt mari. Même si j'avais déjà décidé de ce prénom pour mon enfant, selon la tradition et par respect pour Ali, j'aurais espéré qu'au moins on puisse en discuter ensemble — ou, au minimum, qu'on me demande mon avis — et non pas que ce prénom me soit imposé par ma belle-mère.

Les premiers jours de ma grossesse sont un calvaire. Dès le réveil, je me sens épuisée et, durant la journée, je suis souvent prise de nausées et de vertiges. Mon état empire lorsqu'une grippe me cloue au lit pendant plus d'une semaine. Mon appétit change aussi, et de façon très bizarre. J'ai une envie irrésistible d'aliments que je n'ai jamais aimés auparavant. Le *za'atar*[6] est devenu mon meilleur ami à tous les repas, et même entre eux. Parfois, je le mélange simplement avec de l'huile, j'en prends une cuillère que j'avale d'un coup, ou alors j'y plonge directement mes doigts. Je m'en fais des bols entiers comme si c'était de la soupe.

Mais ce qui me préoccupe le plus, c'est le sentiment de répulsion que j'éprouve pour Ali pendant les premiers mois de ma grossesse. Quand il s'approche de moi, je suffoque, je sens mon cœur s'emballer, mes joues s'empourprer et je me tétanise aussitôt. Je ne comprends pas la nature de ces réactions. Sans doute, elles ne sont dues qu'à la fatigue ou à des montées d'hormones. Mais je ne peux pas m'empêcher de me demander si elles ne seraient pas inconsciemment liées à l'angoisse que je commence à ressentir au sujet de notre vie sexuelle. Et, surtout, les paroles de Hayat n'en finissent pas de tournoyer dans ma tête.

Je n'ai jamais ressenti qu'Ali me désirait vraiment. Certes, il est très doux et attentionné, il m'embrasse le front et les mains, et il me prend dans ses bras chaque fois qu'il en a l'occasion, mais ces gestes se sont transformés de moins en moins souvent en relations sexuelles. Et quand il me faisait l'amour, c'était comme à contrecœur, comme s'il s'agissait d'une corvée dont il devait s'acquitter. Lorsque je suis tombée enceinte, tout s'est arrêté. Comme si la grossesse lui offrait une excuse inespérée

6. Mélange d'herbes et d'épices largement utilisé comme assaisonnement dans la cuisine moyen-orientale.

pour lui épargner d'accomplir son devoir conjugal. Cette situation me plonge dans une sorte de paranoïa et une tristesse profonde ; elle délite ma confiance en moi et en ma féminité.

Heureusement, passés les premiers mois de grossesse, mon sentiment de malaise s'évanouit. J'ai à nouveau envie de sentir le contact et les caresses de mon mari. Mais une distance s'est installée entre nous. Je tâche de me rassurer en me répétant que c'est à cause de mon corps qui change. Mon ventre s'est arrondi. Même mes bras et mes jambes ont épaissi.

Pourtant, même après la naissance de Hassan, cette distance persiste. Ali est toujours aussi froid à mon égard. Nos rapports sexuels ne semblent plus qu'une obligation dont il s'acquitte avec une fréquence toujours plus réduite. Je ne sais pas comment me comporter ni vers qui me tourner. Si elle était encore en vie, j'aurais pu me confier à Salma. Elle était la plus proche de moi et sans doute celle qui m'a toujours le mieux comprise. Rana a coupé les ponts après être tombée enceinte et avoir fui à l'étranger. Mais c'est sans doute en premier lieu à Hayat que j'aurais demandé son avis. C'était toujours elle qui était de meilleur conseil pour ce qui concerne les hommes. Nous étions toujours étonnées de ses connaissances sur le sujet. Mais aujourd'hui, tout est différent, ce n'est plus une amie. Bien au contraire, il suffit que je pense à elle pour que mon cœur s'emporte et que mon sang bouillonne dans mes veines.

Je dois sans cesse me défendre contre les horribles pensées qui me viennent à l'esprit. Et si Hayat avait vu juste ? Ce ne sont que quelques allusions qui ont planté en moi le germe du doute ; je me fais peut-être des idées à partir de rien. Et si de ce fait mon comportement envers Ali avait changé, provoquant son éloignement ? Ce n'est peut-être qu'une étape normale dans la vie d'un couple après le mariage. Ali se fait-il autant de soucis à ce sujet ? L'idée ne l'a peut-être jamais effleuré. Est-il heureux de notre relation ? Je n'ose même pas lui poser la question.

Je n'ai que ma mère vers qui me tourner. J'ai vraiment besoin d'elle, même si j'ai honte de lui demander conseil. Tout en retenue pour ne pas l'alarmer, je lui confie mes inquiétudes. J'évoque un peu ma vie sexuelle avec Ali et lui confie que son manque de désir me préoccupe. Je ne lui parle évidemment pas de ma rencontre avec Hayat et du fait qu'elle soupçonne mon mari d'être homosexuel. Immédiatement, ma mère minimise le problème et m'assure que je me tracasse pour rien. Pour elle, la diminution du désir est une évolution inévitable dans la vie d'un couple ; l'habitude et les préoccupations quotidiennes atténuent l'enthousiasme des premiers temps. Pour la première fois, elle me confie le problème d'impuissance de mon père ; voilà vingt ans qu'ils n'ont plus de rapports. Dans mon cas, elle reconnaît qu'il est bizarre qu'on ne fasse pas l'amour plus souvent. Mais je ne dois surtout pas m'inquiéter. Mon devoir consiste à m'occuper de la maison, de mon enfant et de mon mari sans me laisser envahir par des idées noires. Cependant, ma mère a beau dire, rien ne peut les faire disparaître. Je me sens déprimée, si peu faite pour ce rôle de mère et de femme au foyer. J'ai perdu mon éclat et ma féminité. J'ai négligé mon corps durant ma grossesse. Et après aussi.

Aujourd'hui, je suis la mère d'un bébé magnifique ressemblant en tout point à son père. À mes mimiques, il répond toujours par un sourire. Hassan finit par occuper tout mon temps et je n'ai plus une seconde à accorder à mes inquiétudes. J'ai donné un nouveau sens à ma vie. Comme toutes les mères, mon bonheur dépend désormais de celui de mon fils, de son bien-être et de son avenir.

Ali remplit son rôle de père à la perfection. Quand Hassan se met à pleurer, il est le premier à se précipiter pour le calmer. Il est toujours prêt à aider quand il faut le nourrir ou le changer. Même mort de fatigue, il passe des nuits entières à le bercer durant ses crises de larmes. Lorsque je les rejoins, il nous prend ensemble dans ses bras avec une infinie tendresse. Il est prêt à tout pour notre bonheur.

Mon mari me couvre de cadeaux. En me gâtant outre mesure, je le soupçonne de chercher à compenser ce qu'il ne m'offre pas dans l'intimité. Le jour de la naissance de Hassan, il m'offre la voiture de mes rêves, une Porsche Cayenne. Pourtant, toute cette générosité et le fait qu'il me traite comme une reine ne font qu'accroître mon désarroi et me plongent dans la perplexité. Ali n'est pas un mauvais mari, loin de là. Pourtant, je ne peux m'empêcher de faire une fixation sur le moindre de ses défauts et de voir des problèmes là où il n'y en a pas. Au lit, j'aimerais pouvoir combler mon homme à moi. J'essaie de ne pas trop y penser mais c'est toujours là. La frustration me fait parfois entrer dans des accès de rage que je regrette immédiatement.

Je finis par me rapprocher de Dieu. En priant, je prends conscience qu'il est temps d'en arriver à la décision que j'ai toujours remise. Quand j'annonce à Ali que je me suis tournée vers la religion et que je suis prête à porter le voile, il a l'air surpris mais ne s'y oppose pas. Au contraire, il me félicite et m'encourage. Pour fêter l'événement, il m'invite à dîner dans un luxueux restaurant italien où nous avons l'habitude de nous rendre, à Jabal 'Amman.

Un soir cependant, toutes les inquiétudes contre lesquelles je luttais depuis si longtemps se confirment brutalement. Je ne peux plus ignorer cette réalité qui m'a fait souffrir presque jusqu'à en perdre la raison.

Peu après son premier anniversaire, Hassan fait ses premiers pas. Cela me rend folle de joie. Même hésitants, ces pas sont pour mon cœur comme une mélodie. Il semble si fier de pouvoir marcher et découvrir le monde qui l'entoure.

Ali s'est rendu aux toilettes, laissant ouverte la porte de son bureau. Je vois Hassan se faufiler dans la pièce. Je cours après lui de peur qu'il ne se blesse ou ne casse quelque chose. Son regard est attiré par l'ordinateur de son père resté allumé. Il se dirige vers lui d'un pas rapide. Je le rattrape *in extremis* avant qu'il touche le clavier. Mais à cet instant ce que je découvre sur l'écran me pétrifie.

Une fenêtre de messagerie est ouverte. Je vois à côté une marge avec des photos d'hommes nus et des pseudos étranges. Des visages, des torses, des fesses, même des sexes. En bas de l'écran, un message non lu signé « Chevalier d'Amman ». Je clique dessus. Je suis effarée par ce que je lis dans les messages entre Ali, qui se fait appeler « l'Irakien d'Amman », et ce « Chevalier ». Tout y est obscène : le ton explicite, les images, les vidéos, surtout les hommes qui s'embrassent et forniquent. Je suis prise de vertige. Mon bras qui tient Hassan me lâche. Je le dépose par terre. Et, providentiellement, je finis par tomber évanouie.

Hayat

Je n'ai jamais su entrer dans le moule

Je m'étonne parfois de ma capacité à passer d'un chapitre de ma vie à un autre en si peu de temps. C'est ce qui se passe avec Amer. Malgré tous nos moments de bonheur, je décide qu'il est temps de mettre un terme à notre histoire et de tourner la page. Je n'ai plus d'hésitation. Pourquoi regarder en arrière ? Tout ce dont j'ai besoin, c'est de me réveiller le matin les idées claires et d'envisager l'avenir avec lucidité, comme si la lumière du jour jetait sur toute chose un nouvel éclat.

L'amour nous joue souvent des tours. On se consume pendant des mois, voire des années. On est prêt à bâtir toute sa vie autour de l'être aimé. L'amour qu'on lui porte est le cœur de notre monde qu'il colore et parfume à son contact. Mais il peut s'évanouir aussi vite qu'il est apparu. Une touche suffit pour enclencher la passion, une autre pour la faire disparaître. À moi de mettre de l'ordre dans mon existence. Je n'ai besoin du malheur de personne pour construire mon propre bonheur. Désormais c'en est fini de ces relations malsaines qui m'ont pourri la vie. Ces certitudes auxquelles j'ai abouti me convainquent de quitter Amer. Après cette décision, je me sens libre et forte comme jamais auparavant. Je suis maîtresse de mon destin, je tiens le gouvernail de ma vie.

Dans les premiers temps, Amer me manque terriblement. Mais, bien vite, je finis par l'oublier. Au-dessus de l'Atlantique, dans l'allée d'un long-courrier entre New York et Amman, le hasard me fait rencontrer un étranger. Je lui sers son repas quand nos regards se croisent. Durant ce seul échange, il a un coup de foudre, comme il me l'avoue plus tard. Il me précise même que, sans qu'il y prenne garde, je lui ai ravi son cœur juste au moment où je lui ai poliment demandé :

– *Chicken or beef, Sir?* Poulet ou bœuf, Monsieur ?

John diffère en tout des hommes que j'ai connus jusque-là. Il a les joues roses, les yeux bleus. Son front est dégarni et quelques rides trahissent ses quarante ans. Il est en mission à Amman en tant qu'expert et conseiller économique pour un projet américain d'aide à la Jordanie. Pour lui, la question de la virginité ne se pose même pas. Quand je commence à mieux le connaître et à me confier, je ne me sens pas jugée à cause de mes histoires passées. De son côté, il défend le droit de chacun à la liberté sexuelle. Une grande discussion entre nous s'ensuit.

« On peut tout à fait être libre même après le mariage, me dit-il. C'est dans la nature humaine. La monogamie va à l'encontre de nos instincts. »

Au début, je trouve ces idées vraiment étranges. Ma conception du mariage est construite sur l'engagement exclusif entre un homme et une femme. Et la fidélité en est un des piliers fondamentaux.

« Sans la monogamie, à quoi bon le mariage ?

– Mais le mariage, c'est un simple contrat entre deux êtres qui s'aiment et qui veulent le bonheur l'un de l'autre. Deux personnes libres qui cherchent à satisfaire leurs désirs, et acceptent que l'autre puisse en faire autant. On a tous des désirs. L'amour véritable doit pouvoir nous offrir la liberté de les réaliser. Jusqu'à nous autoriser à coucher avec quelqu'un d'autre sans que rien ne change entre nous.

– Tu ne serais pas jaloux ? Moi, je ne me vois pas accepter que mon mari puisse faire l'amour à une autre femme.

– On pourrait croire que l'amour et la jalousie ne peuvent exister l'un sans l'autre. Mais réfléchis avec moi : la jalousie n'est rien d'autre qu'un manque de confiance en soi et en son partenaire. Ce n'est que de l'égoïsme. De la faiblesse. Rien qu'un besoin de contrôler l'autre. Mais pas de l'amour. L'amour, c'est d'être libre de tout égoïsme, au-delà de toute jalousie. Jamais je ne chercherais à te contrôler. Mais je l'avoue. Personne ne peut maîtriser la jalousie. On doit tous apprendre à vivre avec cette faiblesse. Ce sentiment ne nous donne ni le droit de contrôler ceux qu'on aime ni de brider leur élan vers le bonheur.

– Et si je tombe amoureuse d'un amant qui me satisfait plus sexuellement ?

– Pour moi, c'est totalement naturel de tomber amoureux de quelqu'un autre. C'est un risque intrinsèque à toute relation. Il n'y a pas que la dimension physique qui est en cause. L'amour est bien plus que le sexe.

– Mais, concrètement, si durant le mariage, un événement vient mettre le couple en péril ? Comment ça se gère ?

– Les deux époux doivent tout faire pour surmonter leurs difficultés et honorer leurs promesses. Et si l'amour disparaît, ou si un des deux amants est emporté par un autre amour plus intense… Se séparer est alors sans doute le meilleur parti à prendre. Personne ne veut vivre une relation qui lui gâche l'existence et le rend misérable. »

Ces théories me déconcertent. Elles sont totalement étrangères au milieu où j'ai grandi, mais cela ne me fait pas peur. Je suis habituée aux situations marginales. Je n'ai jamais su entrer dans le moule ni accepter le modèle social des relations dites convenables. Les idées de John font leur chemin dans ma tête et peu à peu je me laisse convaincre. Cette liberté ne peut que rendre notre couple plus fort et instaurer entre nous un vrai climat de respect mutuel.

Pour la première fois de ma vie, je me sens vraiment libre. J'aime la façon de penser de John. Je me suis vraiment attachée à lui. Malgré notre différence d'âge, je ne me sens pas inférieure à lui. Contrairement à mes amants précédents, il n'entrave ni mes désirs ni ma liberté. Cette relation m'offre l'énergie que j'espérais et un sentiment de sérénité nouveau. Je sens à mes côtés sa présence qui m'aime comme je suis et me soutient dans tous mes choix. Après quelques mois, il me demande en mariage. Ce n'est pas la première fois que nous abordons le sujet, mais sa mission doit s'achever bientôt et il va devoir retourner chez lui, ce qui devrait mettre fin à notre histoire.

Il m'avoue ses sentiments et combien il s'est attaché à moi. Il a trouvé en moi la femme qu'il a toujours rêvé de rencontrer sans pouvoir la trouver dans son pays. Mon visage, toute ma personne, l'ensorcelle. Il n'espère qu'une chose : passer le restant de sa vie avec moi. Il ne peut plus rester en Jordanie, est-ce que j'accepterais de partir avec lui ? Il sort alors de la poche de sa veste un écrin qu'il ouvre, révélant un superbe anneau cerclé de diamants :

« *Will you marry me and be my wife forever?*[7] »

Ali

Ma vie secrète

Avant d'être marié, je m'étais persuadé que je pourrais canaliser mon désir sur Leila seule. Me consacrer uniquement à ma femme viendrait naturellement éteindre toute autre tentation. Je serais le bon mari que je me promettais d'être et mes fantasmes impurs disparaîtraient d'eux-mêmes. J'étais résolu à respecter ma promesse et à offrir à Leila ce que je lui devais en tant que mari.

---

7. Veux-tu m'épouser et devenir ma femme pour toujours ?

Je n'ai pas retenu Samir lorsqu'il a pris la décision de s'éloigner de moi. J'ai été heureux pour lui quand il m'a appris qu'il avait accepté une offre de travail pour une compagnie saoudienne et qu'il allait vivre à l'étranger. Nous sommes même sortis ensemble fêter la nouvelle une semaine avant mon mariage.

Le soir des noces, nous nous sommes quittés pour toujours. Je l'ai observé assis parmi les invités. Je l'ai vu manger, danser, chanter, battre des mains. Il était même à mes côtés quand nous avons reçu la nouvelle du suicide de Salma. Puis il m'a serré fort dans ses bras. Cette étreinte était un dernier adieu ; dans un murmure, il m'a souhaité bonne chance.

Le souvenir de Samir me fait souffrir pendant des mois. Mais je tiens le coup et j'apprends à vivre avec cette douleur. Je suis parfois pris d'accès de tristesse qui me gagnent pendant des jours et me mettent d'une humeur massacrante. Ce chagrin me poursuit longtemps. Avec le temps, je finis par m'habituer à vivre sans lui. Malgré cela, mon attirance sexuelle envers les hommes ne diminue pas.

Une âme dépossédée d'amour ou un corps qui ne peut assouvir son désir, qu'est-ce qui est le plus dur à supporter ? C'est peut-être différent selon les personnes ou les circonstances, mais pour moi les deux sont un supplice. L'amour ne peut être satisfait que par une personne, celle qu'on aime. Le désir sexuel, par n'importe qui. Mais, si les deux sont réunis avec l'amour de sa vie, c'est l'extase.

Les premiers mois de notre mariage, je me contente de me masturber, comme quand, adolescent, je ne pouvais trouver de partenaire à mes fantasmes. Pour faire l'amour avec Leila, j'ai besoin de m'imaginer dans les bras d'un homme.

Je me mets à regarder des sites pornos gay. Très vite, je deviens dépendant de ces heures passées devant mon écran d'ordinateur à chercher à assouvir le désir qui me ronge. Je pensais tout d'abord que cela m'apaiserait et m'aiderait à supporter mon mariage et à rester fidèle à ma femme. Bientôt, cela ne me suffit plus. Je n'ai plus qu'une idée en tête : rencontrer un homme.

Sur les sites de rencontres gay, je fais défiler des pages de garçons. Ils sont tellement nombreux à portée de clavier. Ils sont tous là uniquement pour du sexe. Ils se présentent sans complexe comme des produits mis sur le marché. Images intimes, vidéos explicites et menus de leurs fantasmes.

Mon profil est plus que laconique. J'ai juste choisi un pseudo accompagné d'une phrase : *Homme marié cherche plans discrets.* En peu de temps, je suis submergé de messages. Ils cherchent tous des rencontres sexuelles immédiates et furtives. La plupart ne m'intéressent pas, mais il y en a quelques-uns que j'inviterais volontiers dans mon lit.

Je laisse un numéro anonyme à ceux qui me plaisent le plus et je me perds dans des échanges salaces sans fin. Toutes ces relations restent virtuelles, j'y mets fin dès qu'on me propose une rencontre dans la vraie vie. Cela dure des mois comme ça. Puis c'est à mon tour de solliciter des rencontres. J'ai besoin de plus que ces conversations sans aboutissement.

Ma relation avec Leila va de plus en plus mal et mon humeur devient exécrable. Elle se saisit du moindre prétexte pour me faire une scène à propos de tout et de rien. Je rêve d'une aventure qui m'offrirait une échappatoire, loin de Leila et de cette vie intenable. J'aimerais pouvoir m'en évader quelques heures et rentrer auprès d'elle l'esprit libéré, tout entier dévoué à elle. Une relation sexuelle n'est pas tout. J'aime tout ce qui précède : l'attente, l'image qui se forge autour de l'inconnu, l'appréhension du premier rendez-vous qui pimente le désir. Et enfin la rencontre. C'est jouer avec le feu, mais échapper à ma réalité d'homme marié sans que Leila le sache rend tout cela plus excitant encore.

Un jour, au beau milieu d'un échange sur internet, je suis brusquement pris de l'envie d'aller aux toilettes. Je sors de mon bureau sans vérifier si j'ai fermé l'appli. Jamais je n'aurais imaginé que Leila fouillerait dans mes affaires. Je ne comprends ce qui se passe que lorsque, alerté par les cris de Hassan, je retourne précipitamment dans mon bureau. J'y trouve Leila évanouie sur le sol. Je fais vite sortir Hassan de la pièce et je demande à une voisine de s'en occuper pendant que je prends soin de Leila. J'appelle tout de suite une ambulance. Je débouche ensuite un flacon de parfum que je lui passe sous le nez pour essayer de la faire revenir à elle.

Je m'agenouille à ses côtés et j'entoure sa tête de mes bras. Je la secoue doucement et je dépose un baiser sur son front en la suppliant de se réveiller. Au bout de quelques minutes, elle ouvre enfin les yeux, visiblement étourdie. Elle me dévisage d'un regard perdu, en essayant de reprendre ses esprits. Je vois ensuite ses sourcils se froncer et la confusion faire place à la fureur. Elle gémit :

« Va-t'en, va-t'en ! »

Puis elle se met à hurler :

« Va-t'en, ne me touche pas ! »

Je tente de m'approcher pour la calmer, craignant qu'elle ne s'évanouisse à nouveau. Mais plus je m'avance, plus sa rage augmente. C'est la première fois que je la vois dans cet état. Elle est prise d'une crise de nerfs, elle ne sait plus ce qu'elle dit.

« Salaud ! Sale connard ! »

Je ne comprends pas la raison de cette explosion soudaine. J'essaie de ne pas gamberger, même si, au fond de moi, je me doute qu'elle a découvert ma double vie. Mais je veux l'entendre de sa bouche, mesurer l'étendue de ce qu'elle sait et trouver un moyen de sortir de cette impasse. Le plus calmement possible, je lui demande de m'expliquer les raisons de sa colère et de ses insultes. Rien ne semble d'abord pouvoir l'apaiser. Puis, finalement, ses cris s'atténuent et se transforment en gémissements entrecoupés de sanglots.

« Tu me trompes avec des mecs ? Tu couches avec des mecs ? Pourquoi ? Je ne suis pas assez bien pour toi ? Je ne suis pas assez belle ? Si tu me trompais avec une autre femme, je comprendrais... mais avec des mecs ? »

Dans un premier temps, je refuse d'admettre ce qui est. J'imagine encore pouvoir tout nier, finir par la convaincre que ce qu'elle croit avoir découvert n'est pas la réalité. Je prends l'expression de la plus grande surprise et je secoue la tête comme si elle était en train de délirer. Je lui demande ce qui lui permet de m'accuser comme ça. Est-ce qu'elle a entendu des calomnies à mon sujet ? Me revient immédiatement en mémoire ce garçon rencontré il y a quelques mois et qui a menacé de me dénoncer parce que je refusais de lui donner de l'argent. Je suis sur le point d'en parler, d'inventer une histoire pour faire croire à une diffamation, mais Leila ne m'en laisse pas le temps. Elle m'attaque frontalement : elle a lu mes échanges sur le net. De ses propres yeux. Je ne peux plus nier. Je craque, et j'avoue.

Je ne sais même pas où j'en trouve la force. J'ai peur de lui dire la vérité, peur de sa colère, peur des effets de ma confession sur notre couple et notre mariage. Les mots sortent de ma bouche par saccades, noyés sous un déluge de sanglots. Mes larmes jaillissent entre les bribes de phrases qui réclament son pardon. J'essaie de lui expliquer combien je la respecte, combien je la chéris, combien je regrette de l'avoir blessée à ce point.

Je lui raconte tout. Moi aussi, j'ai été la victime d'une pression sociale qui m'imposait de me marier. Tout comme elle, je rêvais d'un foyer et d'avoir un enfant qui remplirait ma vie. J'ai cru vraiment être amoureux. J'ai pensé pouvoir lui offrir l'existence qu'elle méritait. J'étais persuadé de pouvoir changer mon orientation sexuelle et lui être fidèle. Mais j'ai échoué en tout. De tout mon cœur, je lui demande de me pardonner de l'avoir trompée, de l'avoir obligée à vivre dans le mensonge. Maintenant qu'elle sait tout, la balle est dans son camp. J'ai reconnu tous mes torts, la sentence lui appartient désormais.

J'ai fini de parler. Je lève vers elle un regard suppliant. Je sèche ce qui reste de mes larmes. J'attends son verdict. Elle se lève, s'approche de moi et, contre toute attente, se jette dans mes bras en versant des larmes amères.

CHAPITRE VIII

Leila

Écran maudit

Comme il est facile de jeter le discrédit sur quelqu'un, de condamner des actes et des comportements ! « Main dans l'eau n'est pas main dans le feu. », le proverbe ne ment pas. De loin, l'eau et le feu forment pareillement des vagues qu'on ne distingue que par leur couleur. Ce n'est qu'en s'approchant qu'on en découvre la douceur ou la morsure.

À mon tour d'être brûlée. J'ai entendu tant d'histoires de tromperies de la bouche de femmes de la famille. Je m'étonnais qu'elles puissent pardonner si facilement à leurs maris et vivre jour après jour en acceptant ces abus et ces humiliations. Comment poursuivre un mariage dans ces conditions ? Je les jugeais faibles et stupides.

Mais la réalité n'est ni dans les films ni dans les séries. Ce n'est que confronté aux drames de l'existence qu'on en prend vraiment conscience. Et devant cet ordinateur, terrorisée, je vois la vérité mettre en pièces toute ma vie.

Écran maudit ! Je te vomis ! Tu m'as arraché ma sœur, Salma. Et, aujourd'hui, tu me prends mon mari, mon amour, mon monde… Cette insupportable vision me fait perdre conscience.

Je reprends mes esprits dans les bras d'Ali. Tout me revient aussitôt en mémoire. Je lui hurle dessus. Je veux qu'il me donne la réplique. Je veux qu'il nie, je veux qu'il mente, qu'il me dise que tout ça est faux, que ce que j'ai cru voir sur l'ordinateur n'est qu'une illusion. Mais il avoue tout. J'assiste à la pire des confessions. Je vois son visage déformé par la douleur et le remords. J'entends de sa bouche des paroles insupportables auxquelles je ne peux pas croire. Mensonge, c'est le seul mot qui me vient à l'esprit pour qualifier les trois premières années de mon mariage. J'ai vécu dans un mensonge. J'ai vécu avec un mensonge, j'ai vécu un mensonge.

Je n'ai que cette idée en tête tandis que j'écoute Ali. J'aimerais qu'il me rassure, qu'il me dise qu'il y a autre chose que du mensonge entre nous, qu'il y a aussi du vrai dans ce que nous avons vécu. Avant tout, notre fils Hassan. Sans parler de mes sentiments pour lui. Ces révélations ont beau faire souffrir mille morts à mon cœur, je sens qu'il fond de pitié devant la peine profonde que je perçois dans la voix et les pleurs d'Ali. J'éclate en sanglots à mon tour ; je n'ai jamais su résister face à des larmes. Surtout celles d'un homme. J'en ai vu si peu. Leur rareté rend tellement sincères les sentiments qu'elles expriment. C'est la première fois que je vois Ali pleurer. Malgré toute ma colère, je l'aime toujours. Sans réfléchir, je me jette dans ses bras.

Il me propose de prendre mon temps pour réfléchir et décider ce qui est le mieux pour moi. Il m'affirme qu'il va tout faire pour sauver notre mariage, qu'il veut que Hassan grandisse avec ses deux parents et qu'il continuera à assurer ses devoirs de père et d'époux.

Mais il aura besoin d'un peu de liberté. Il n'arrivera pas à réprimer ses désirs. Il me promet toutefois qu'il espacera autant qu'il le pourra ses aventures et qu'il les gardera secrètes pour qu'elles ne fassent aucun tort à notre famille et ne portent pas préjudice à notre réputation.

Je lui suggère de suivre une thérapie. Comment peut-il avoir un comportement aussi révoltant, lui qui est l'homme le plus pieux que je connaisse, lui qui ne manque pas une prière ni un jeûne ? Ou est-ce encore un mensonge ? Il me garantit que sa foi est bien réelle. Il sait au fond de lui que ses actes sont *haram* et immoraux. Il a tout essayé pour changer et résister à ses pulsions. Il a déjà consulté un thérapeute, sans succès. Il m'explique qu'il a lu des articles qui assurent que son orientation sexuelle, comme il l'appelle, n'est pas une maladie mentale et qu'il n'existe aucun moyen pour la corriger ou la transformer.

Après ce discours, il insiste : la balle est dans mon camp. Il est prêt à faire tout ce que je lui demanderai, même à ce que nous allions voir ensemble un psychologue pour confirmer ses dires. Il veut bien le faire pour moi, bien qu'il ait déjà essayé et soit tombé sur un escroc. Quant à moi, je tiens à entendre un autre avis de mes propres oreilles. Nous rencontrons trois psychologues. Les deux premiers confirment ce qu'Ali m'a dit : l'orientation sexuelle est naturelle et rien ne peut la changer. Mais le troisième réfute ces théories et se lance dans une leçon de religion et de morale. Pour lui, l'homosexualité d'Ali constitue même un danger pour la société. Face à ces opinions contradictoires, je me sens perdue. Je me plonge alors dans des livres et consulte des sites sur internet. Je trouve une quantité considérable d'informations, de discussions et de polémiques sur le sujet. Je constate un contraste flagrant entre les opinions occidentales et orientales.

Est-ce de la faiblesse de ma part, je ne sais pas trop, mais je sens naître en moi une prise de conscience. Grâce aux nombreux témoignages des gays sur les épreuves qu'ils ont traversées et la réalité de leur vie, je commence à éprouver de la compassion pour Ali et à comprendre sa situation, même si j'en ai été la principale victime.

Peut-on changer d'idées comme de chemises ? Lorsqu'elles se révèlent trop étriquées, il faut savoir en changer. J'ai ouvert mon esprit et mes anciennes certitudes se sont estompées, laissant peu à peu la place à une nouvelle vision des choses.

Avoir changé de point de vue sur ce que vit Ali ne rend en rien mon malheur moins réel. Ma situation reste inextricable. Elle implique la fin de ma vie sexuelle, et donc celle de notre mariage. Et à ça, je ne peux me résoudre. Quelque chose en moi cherche à s'agripper à tout prix à ce qui reste de mon existence passée. J'envisage les différentes solutions qui s'offrent à moi. Je n'en vois que deux.

L'une, ce serait de rompre avec Ali et d'accepter, avec les stigmates qui s'y attachent, le statut de « divorcée », que je redoute davantage que celui de « vieille fille ». Sans parler du suicide social que cela impliquerait et des effets dévastateurs sur l'avenir de Hassan. Je retournerais dans la maison de mon père avec toutes les restrictions qui me seraient imposées, bien pires que celles de mon existence de jeune fille. Je devrais renoncer à la réputation de femme accomplie qui est la mienne pour endosser le costume de la femme divorcée que les gens jugent avec méfiance et mépris.

L'autre possibilité consisterait à poursuivre ma vie comme si de rien n'était, en continuant à jouer mon rôle d'épouse et de mère, mais en sacrifiant ma vie sexuelle pour protéger l'image de famille idéale et contenter notre entourage. Mais que pèse ma vie sexuelle face aux autres dimensions de ma vie ? Et pourquoi suis-je tenue de la sacrifier alors qu'Ali peut vivre la sienne ?

Cette injustice flagrante à mon égard, mon mari n'y prend même pas garde, tant le désir des femmes est nié par notre société. Elle trouve toutes les excuses aux hommes lorsqu'il s'agit de satisfaire leurs besoins et leurs envies, mais c'est un domaine interdit aux femmes. Même *haram* et coupables, les désirs des hommes passent toujours avant ceux des femmes.

Ali finit par en prendre conscience. Pour sauvegarder notre mariage, pourquoi ne prendrais-je pas des amants ? Cette suggestion me fait bondir. Je me sens humiliée qu'il croie que je pourrais aller contre toutes les valeurs qui ont forgé ma personnalité et qui régissent mon existence. Je préfère renoncer au sexe plutôt que de coucher avec n'importe qui.

C'est parfois la misère des autres qui rend la nôtre plus supportable. Ma douleur peut-elle se comparer à celle de ma cousine Héba, qui a divorcé après deux ans de mariage quand elle n'a plus supporté les violences de son mari. Que penser d'Abir, une autre cousine, qui a dû apprendre grâce à des films pornos de nouvelles pratiques pour satisfaire son mari et l'empêcher de prendre une nouvelle épouse sachant mieux le contenter ? Et notre voisine qui a découvert que son mari la trompait avec sa secrétaire ? Lorsqu'elle l'a confronté à la vérité, il n'a rien nié et lui a annoncé son intention d'épouser sa maîtresse. La trahison de mon mari avec un homme est-elle pire que celle du voisin avec une femme ? J'ai le cœur dans un étau et ma vie me semble avoir perdu son sens.

Je regrette d'avoir abandonné mon travail et négligé ma carrière. J'ai perdu de vue qui j'étais, j'ai laissé de côté mon ambition et mes passions. En devenant épouse, puis mère, j'ai pensé avoir obtenu tout ce que je pouvais atteindre dans cette vie. Et là, je devrais retourner chez mes parents et vivre d'une pension alimentaire. Cette dure épreuve me fait prendre conscience du besoin impératif que j'ai d'un travail où me réaliser, d'une activité qui m'offre indépendance et confiance en moi.

Il me vient l'idée de retourner sur les bancs de la fac et de reprendre un parcours universitaire. J'ai toujours été intéressée par les sciences humaines. Ce serait pour moi l'occasion de retrouver un peu d'estime de moi-même et de foi en l'avenir, sans doute le meilleur moyen pour ne pas devenir folle et sauver ma famille.

Ali est heureux que je reprenne des études et il m'encourage. Il est un peu surpris par le domaine que j'ai choisi : sociologie de la condition féminine. Pourtant, cette matière est faite pour moi. Les cours auxquels j'assiste me font comprendre toutes les épreuves de ma vie. Dans les ouvrages que je découvre, se révèlent les discriminations que j'ai subies à chaque étape de mon existence. Tous les discours entendus et assimilés depuis mon enfance se sont gravés en moi. Ces lectures sont le reflet de ma souffrance de femme, depuis toujours révoltée par l'injustice.

Et la voilà, cette inégalité, clairement exposée, dans toutes ses perversions et tous ses mécanismes d'oppression. C'est elle qui est à l'origine de la trahison d'Ali mais aussi du système social qui m'a tenue enchaînée jusqu'à ce faux mariage. C'est cette même inégalité qui a poussé au suicide ma douce sœur, ma sœur chérie, Salma, terrorisée à la perspective d'une vie sans véritable avenir.

Par le passé, j'ai cru lutter contre les discriminations sexuelles en m'attachant à être la meilleure dans mes études. Aujourd'hui, je me dresse pour défendre la cause des femmes dans toute la société. Ma bouche est un volcan et ces mots neufs que je porte en moi en jailliront comme de lave. J'ai fait la paix avec moi-même. Désormais mon énergie se concentrera sur la défense de la cause des femmes.

Dans les années qui suivent mes études, je soutiens la création de groupes d'entraide contre les injustices faites aux femmes. Il ne faut que peu de temps pour que se constitue une association nationale visant à briser les tabous sociaux et à défendre l'égalité des sexes. Je compense l'absence de sexe par les satisfactions que m'apporte ma nouvelle vie qui m'offre une conscience différente des choses et me montre que toute femme peut changer et façonner son existence. Ali est officiellement toujours mon mari. Mais il est surtout devenu un ami, un soutien et un compagnon de lutte. Nous partageons nos projets, à la maison tout comme dans l'association. Pour tout le monde, nous sommes aujourd'hui un couple exemplaire que tous admirent et envient.

Rana

L'amour d'un père

Mon père a refusé de m'adresser la parole durant deux ans. Ma mère, en revanche, me téléphone tous les jours. Je lui raconte ma vie avec Jantay, les soucis liés à ma grossesse, ma difficulté à m'habituer au climat suédois. Je lui répète combien ils me manquent tous, combien j'ai la nostalgie de la maison, de ma chambre, de ses bons petits plats, et de ses bras.

Je lui raconte mon accouchement et l'arrivée du petit ange dans notre famille, une petite fille que nous avons appelée Sara. Je lui décris mon enfant dans tous les détails, ses moindres gestes et tous ses progrès. Je filme tant que je peux et lui envoie les vidéos par e-mail. À chaque fois, nos appels se terminent dans les larmes lorsque je lui demande si mon père m'a pardonné.

Depuis quelques mois, elle me laisse entrevoir une lueur d'espoir. Sa colère s'apaiserait peu à peu. Il accepte qu'elle lui donne de mes nouvelles. Et parfois c'est même lui qui en réclame. Un beau jour, ma mère m'annonce une surprise : quelqu'un voudrait me parler.

« Salut, *ya baba,* me dit mon père d'un ton teinté de tristesse. Comment vas-tu ? »

Je n'en crois pas mes oreilles. Je fonds en larmes, emportée par un torrent d'émotions. Comme sa voix m'a manqué ! Mon père a toujours été le roc sur lequel je m'appuyais, j'en ai toujours été tellement fière. Malgré tout ce que je lui ai fait endurer, je n'ai jamais douté de son amour pour moi. Je savais qu'il finirait par faire front pour prendre ma défense et me protéger. Son silence et son absence m'ont rongée autant que ma culpabilité. Aujourd'hui, je vois que son instinct paternel a pris le dessus. L'homme que je connais, en qui j'ai toujours placé ma confiance, réapparaît enfin.

« Je te demande pardon, ma fille. »

Cette phrase me fait bondir le cœur. Je retrouve foi en l'humanité. L'amour dans les paroles de mon père... C'est dans ce que me dit cette bouche que je reconnais la plus noble des valeurs humaines. Si on a mis l'honneur au cœur de notre morale, c'est finalement l'amour qui nous guidera toujours vers la vérité et la justice.

« Ne dis pas ça, papa, c'est toi qui dois me pardonner ! »

J'ai lancé ce cri sans même m'en rendre compte.

« Non, c'est toi qui dois me pardonner, *baba.* »

Nous nous retrouvons, tout est oublié. Peu importe l'origine de la brouille. La question de l'honneur est maintenant dépassée. Notre relation en sort plus forte, et c'est la seule chose qui compte.

Un mois plus tard, mes parents viennent me rendre visite à Stockholm. Mon frère n'est pas du voyage. Il refuse toujours de me parler, je n'existe plus pour lui. Mais il est encore jeune, il a sans doute besoin de prouver qu'il est un homme, un vrai petit mâle. Je suis sûre qu'en mûrissant il finira par m'accepter.

Aujourd'hui, après deux longues années d'attente, je peux enfin serrer ma mère et mon père dans mes bras. J'aimerais que leur séjour n'ait pas de fin, mais il passe terriblement vite et nous devons nous séparer à nouveau. Leur visite et notre réconciliation n'ont fait qu'accentuer mon mal du pays. Nous avons tourné la page et il est temps de donner un nouveau départ à notre vie. Jantay et moi discutons sérieusement de l'éventualité d'un retour en Jordanie.

Craignant les réactions de la famille, mes parents sont réticents à cette idée. Ils nous imposent une extrême discrétion sur le sujet. Mon père décide de prendre les devants. À ses frères il annonce qu'il m'a pardonné. En dépit de ma transgression, il ne permettra à personne de porter la main sur moi. J'ai tout réparé en me mariant à l'église.

Nous rentrons en Jordanie aussi secrètement que lorsque nous l'avons quittée. Nous emménageons dans un appartement proche de la maison de la famille de Jantay et loin de la mienne. Le danger est toujours là, il est moins menaçant mais il plane encore. Le passé continue de peser sur nos existences. Nous devons apprendre à vivre dans un environnement prêt à nous juger, voire à nous agresser, même si les gens ne connaissent pas grand-chose à notre histoire. En fait, ils se révèlent bien plus indulgents que ce que nous avions imaginé. Bien sûr, certains nous évitent, mais nombreux sont ceux qui nous témoignent compréhension et amour, et cela suffit à notre bonheur.

Je sais d'expérience que le peuple jordanien a bon cœur, contrairement à l'image qu'en donnent les médias et à l'opinion générale. Il a ses défauts, comme tous les peuples, mais aussi ses qualités : il est accueillant, humain, généreux.

La plupart du temps, je cherche à dissimuler mon passé. Mais il m'arrive de me confier à ceux qui croisent mon chemin et à qui je sens que je peux accorder ma confiance. Je leur raconte mon histoire aussi honnêtement que possible, attentive à la moindre réaction négative. J'ai fait de la sincérité une vertu essentielle. Les gens apprécient la confiance que je leur manifeste. Ce doit être pour cette raison qu'ils y répondent presque toujours avec respect et compassion.

Jantay est pareil à lui-même. Il est l'amoureux pour qui je donnerais le monde entier et qui ferait de même pour moi. Même si notre histoire est faite de peines et de sacrifices, je ne regrette rien et je ne reviendrais sur aucun de mes choix. Mon bonheur aurait été balayé si je ne m'y étais pas accrochée et si je ne m'étais pas battue pour le construire. Roméo et Juliette ont accepté de donner leur vie par amour, je sais désormais pourquoi. Et je remercie Dieu de ne pas avoir dû payer un tel prix, ni moi ni ceux que j'aime.

Ma seule inquiétude aujourd'hui, c'est l'avenir de Sara et les conséquences de notre histoire sur son existence. Le passé met longtemps à mourir dans la mémoire collective. Et, malheureusement, trop de monde dans notre société traditionnelle fait encore payer aux enfants les fautes de leurs parents. Je prie pour que dans le futur je ne sois pas la pierre qu'une mauvaise langue pourrait lui jeter.

Je veux la protéger avec toute ma tendresse. Je ferai tout pour l'élever dans la confiance et la connaissance. Je tiens à l'armer pour la vie. Je vais faire germer en elle les valeurs d'amour et de liberté. Elle sera libre de ses choix, je serai toujours derrière elle pour le lui rappeler et la soutenir, quel que soit son chemin de vie.

Ali

Une nouvelle famille

Malgré ma peur, l'idée de perdre ma famille pour retrouver la liberté n'était pas sans satisfaire une partie de moi-même. Je n'en reviens pas quand Leila décide de rester avec moi pour la sauver. Je ne m'attendais pas à un tel sacrifice de sa part. Pour mon enfant, je ne peux décemment pas moins faire.

Je couche avec beaucoup d'hommes. Et je continue. Mais ma soif d'amour n'est pas étanchée pour autant. Régulièrement, des rencontres font naître en moi des sentiments que je réprime. Ces attachements que je m'efforce de garder éphémères me laissent accablé et désespéré. Dans ces moments, ma culpabilité envers Leila me ronge. Elle a tout sacrifié pour sa famille. Elle accepte pour Hassan de ne plus avoir de vraie vie de couple. Et moi, l'homme adultère, je me comporte comme un adolescent au risque de tout perdre ?

En Occident, les parents vivent leur vie avec leurs enfants. Tous savent que des parents bien dans leur peau font des enfants épanouis. Chez nous, c'est pour nos enfants que nous vivons, au point de tout sacrifier à leurs besoins. Qui peut croire que nos enfants aiment voir leurs parents malheureux ? Qu'ils ne grandissent qu'en vivant à leurs dépens ? Ce qu'il y a, c'est que la plupart des enfants ne réalisent pas les sacrifices qu'on fait pour eux. Ils ne savent pas que la joie et la fierté dans le regard de leurs parents sont le résultat d'une vie de privations. Dans certains cas, cette joie peut même transcender tous les sacrifices.

Désormais, Leila consacre sa vie à une association qu'elle a fondée. Toute son énergie va à la défense de la condition féminine. Je suis très fier d'elle et mon admiration grandit de jour en jour en voyant tous ses efforts. Elle est infatigable. Elle y met une détermination que je ne lui connaissais pas. J'ai l'impression qu'elle est née pour cette cause, que le féminisme a toujours été sa passion.

Comme une bonne fée, elle attire à elle toute sorte de femmes. Elle crée des groupes d'entraide en fonction des problèmes que chacune rencontre. Dans un esprit d'égalité et d'indépendance, elle les encourage à faire entendre leur voix pour réclamer leurs droits. Cette nouvelle passion de militante féministe inclut désormais des lesbiennes, des trans et des travailleuses du sexe. Notre mariage n'entrave en rien ses activités ou ses projets. Il semble au contraire que ce soit notre relation qui soit à la source de sa vocation à défendre les droits des femmes. Avec son association, nous sommes aujourd'hui une grande famille unie par une même idée d'humanité. Leila a su créer une vie en collectivité, remplie d'optimisme et d'espoir en un avenir meilleur. Aujourd'hui, notre maison dégage un parfum de solidarité.

La vie nous fait vivre parfois les pires épreuves, nous croyons être bloqués dans des voies sans issue dont seule la mort pourrait nous sortir. Mais elle sait aussi nous offrir une capacité inespérée à nous adapter à des situations apparemment inextricables. Elle nous ouvre à une nouvelle conscience qui peut transformer nos faiblesses en forces. Du plus bas nous voilà projetés au plus haut. À travers les multiples rebondissements de notre histoire, Leila et moi accédons à un nouveau rôle social, dans le respect et l'estime de toute une communauté.

Hayat

Une vie heureuse, malgré le passé

Je n'en reviens pas du comportement possessif de mon père à mon égard quand il rencontre John pour la première fois, comme s'il voyait en lui un rival. Il n'a soulevé aucune objection à ce que je l'épouse — John avait annoncé sa conversion à l'islam — mais il ne perd pas une occasion de montrer que je suis toujours à lui, rien qu'à lui, et que c'est lui qui dirige toujours ma vie.

Quelques semaines avant le mariage, il pose à John des questions de plus en plus insidieuses. On dirait un interrogatoire.

Son attitude de vieux mâle m'inquiète au point que je crains de le voir revenir sur sa bénédiction. Il me dévisage avec tristesse, me confiant combien il est difficile de me perdre, combien il a peur de me voir partir vivre à l'étranger. Il semble rongé de jalousie. Les coups d'œil qu'il nous lance m'inquiètent.

Un jour où nous nous retrouvons seuls, il saisit cette occasion pour me faire ses excuses.

« Pardonne-moi, *ya baba* », me dit-il, le visage défait.

Ses paroles me prennent au dépourvu et me blessent terriblement. Comme s'il jetait du sel sur mes plaies encore à vif.

Quel pardon lui accorder après cette vie écartelée entre la petite fille dans l'attente de l'affection de son père et la jeune fille terrorisée à l'idée de le voir porter la main sur elle ?

Est-ce qu'il le fait exprès ? Est-ce qu'il a guetté le moment où mes sentiments seraient les plus confus ? Cet instant de vulnérabilité où je n'arriverais plus à faire la part des choses ?

C'est ce même homme qui m'a élevée dans un sentiment de sécurité pour ensuite le mettre en pièces et miner mon assurance de jeune femme. Tout l'amour, tous les câlins, toute la tendresse du monde ne peuvent rien y changer.

J'ai peur que m'échappe un mouvement d'empathie, qu'un geste d'amour parvienne malgré tout à émerger des débris de mes souvenirs. Je ne veux pas tomber dans le syndrome de Stockholm, l'affection perverse d'une victime pour son agresseur, mais j'ai pitié de lui, je compatis à sa tristesse et à ses remords. Je me désole que son esprit soit aussi malade. La souffrance qui ronge l'agresseur est-elle plus insupportable que celle éprouvée par sa victime ? Et jusqu'à quel point ? Que peut-il ressentir en prenant conscience que sa folie a brisé une des personnes qu'il chérit le plus ? Est-ce que je participe à cette folie en pensant de la sorte, en éprouvant de la pitié pour mon bourreau ?

Je veux laisser tout cela loin derrière moi et me concentrer sur les préparatifs de mon mariage. Tout me sourit désormais. Je dois exposer aux regards de mes proches et de mes amis ce bonheur et cette fierté que j'ai acquis.

Maintenant je suis de leur monde, à l'une des meilleures places. Je vais me marier dans un tourbillon de bonheur.

J'ai la surprise de recevoir un appel de Leila une semaine avant le mariage.

Je n'avais plus de nouvelles d'elle depuis le jour où, il y a deux ans, à la suite d'un coup de fil similaire, j'avais essayé de la décourager d'épouser Ali. Cette fois-ci, c'est elle qui insiste pour me voir.

Lors de notre rendez-vous, embarrassée, elle me supplie de l'excuser de ne pas m'avoir crue à propos de son mari.

« Hayat, me dit-elle, tu es la meilleure personne que je connaisse. Maintenant, je comprends à quel point cette démarche a dû être difficile. S'il te plaît, pardonne-moi ! Quand j'ai découvert que tu avais raison, j'ai eu tellement mal. Puis j'ai pensé à toi, j'ai eu honte. Je m'en suis voulu de ne pas t'avoir crue ! »

C'est vrai, sa réaction m'avait blessée. Et elle avait été blessée elle aussi.

Je me souviens de ce vers du poète Tarafa Bin al 'Abd[8] :

La trahison d'un ami est pire que le coup d'une lame indienne.

Je suis devenue insensible aux coups que cherchent à me porter mes proches. Je m'en rends compte maintenant.

Leila poursuit :

« J'ai été égoïste. Je n'ai pensé à nul autre qu'à moi. J'ai cru que j'étais le centre de l'univers, que tout le monde était jaloux de moi. J'ai été sourde à quiconque menaçait mes rêves et mon bonheur. »

Elle me serre contre elle et éclate en sanglots.

« Mon mariage, ça ressemblait à de la joie mais c'était un mensonge. Le soir même, j'en ai été punie quand j'ai perdu Salma. »

Devant la douleur et le remords que je lis sur son visage, je ne peux me réjouir d'avoir eu raison. Je partage son chagrin. Mais je suis tellement heureuse qu'elle fasse de nouveau partie de ma vie.

La nostalgie des jours passés me revient. Notre amitié ressurgit, plus profonde que jamais, en d'étranges circonstances.

---

8. Poète arabe du VIe siècle.

Les obstacles surmontés nous ont rendues plus fortes et ont resserré nos liens.

C'est mon tour de me livrer. Pour la première fois, je lui parle de mon père, de mon enfance et de toutes les souffrances que j'ai dû taire. Je lui dis tout de John, combien je l'aime et combien je suis heureuse de l'avoir dans ma vie. Je lui annonce notre mariage la semaine prochaine. J'aimerais qu'elle soit présente pour fêter cet événement avec moi.

Leila marque un temps, puis d'un ton hésitant :

« Tu as été sincère avec moi quand il s'agissait de mon mariage. Maintenant est-ce que je peux te poser une question : est-ce que tu aimes vraiment John, comme tu le dis ? Ou est-ce que c'est une excuse pour fuir ? Qu'est-ce que tu penses de votre différence d'âge ? »

Je ne sais pas quoi lui répondre.

Je me veux rassurante en lui disant que je suis heureuse avec John, que je l'aime de tout mon cœur. Je n'attends qu'une chose, commencer ma nouvelle existence avec lui. Je sais qu'il m'aime. Il me traite comme une reine.

Un doute subsiste en moi. J'ai beau chercher à les ignorer, des questions m'assaillent :

Suis-je dans une logique de fuite ? Mon amour pour John ne serait-il qu'une façon d'échapper à mon entourage ? Suis-je vraiment prête à tout laisser derrière moi pour tout recommencer ?

J'ai toutes les angoisses d'une jeune mariée. Il faut que j'oublie mon passé et que je saute le pas.

Je n'attends qu'une chose, c'est d'être la femme la plus heureuse du monde lors de la plus belle soirée de son existence. Une soirée où disparaîtra tout ce qu'il y a de sombre en moi au rythme de la musique et de la danse. Une soirée où tous ceux que j'aime seront autour de moi pour célébrer ma nouvelle vie.

Ma mère et mon père, dans leurs plus beaux vêtements, accueillent les convives. À côté d'eux, mes petits frères. Nous sourions tous, comme si nous étions une famille comme les autres.

Mon père, plein d'orgueil à côté de moi, fier de me marier, reçoit les invités. En son for intérieur, il doit se dire que les horreurs qu'il a commises par le passé seront enterrées par ce mariage. Moi, je suis comme toutes les nouvelles mariées jordaniennes. Vierge aux yeux des invités. Lui, il est comme tous les autres pères jordaniens, empli d'assurance, fier du devoir accompli, fier de me « livrer » à mon mari. Que pense-t-il avoir fait de ma virginité ? Évidemment il ne danse pas. C'est vulgaire pour un père jordanien de danser au mariage de sa fille. Ça lui va tellement bien de se figer dans une posture de dignité, la tête haute, pleinement satisfait de m'offrir à un autre.

Ma mère danse, heureuse mais triste de me voir partir.

Je n'arrive pas à démêler mes émotions.

Les images de nos vies qui défilent sur l'écran font remonter des souvenirs et ravivent en moi des sentiments que j'avais ensevelis avec le temps. Voilà une photo de moi, adolescente, à côté de mon père, à la fête de l'Aïd. Elle réveille une douleur que je croyais disparue. Je vois renaître mes jeunes années, quand je me haïssais, quand je haïssais ma mère et mon père. Je me souviens que c'est à cette époque que j'ai soupçonné ma mère d'être au courant de tout, d'être complice. Elle le laissait faire pour qu'il la laisse tranquille. Peut-être aussi qu'elle haïssait son mari, son corps, son contact, son haleine. Elle me les faisait subir à sa place. Longtemps, je me suis dit qu'elle n'avait que des soupçons. Que par faiblesse ou par peur de son mari, elle hésitait à affronter la vérité.

Ce soir je la sens triste. Après toutes ces années de négligences, j'oublie tout et la serre fort contre moi.

Sur la piste de danse, je lui prends la main. À ma droite, je serre celle de la mère de John, venue exprès des États-Unis. Je me demande si elle est meilleure mère que la mienne.

J'invite Leila et Rana à s'unir à cette ronde de femmes. Le cercle s'élargit pour inclure Samir et Jantay. Ils tournent autour de moi en frappant dans leurs mains, en notre honneur. John essaie de suivre le rythme oriental avec moi. Je suis tellement heureuse.

Je tourne la tête vers le visage de John et j'y découvre une joie indicible qui pénètre mon cœur. Je suis en de bonnes mains. Je sais que l'homme de ma vie sera bien une source de bonheur, d'amour et de sécurité.

Je ferme les yeux entre ses bras, et je me laisse aller à ce rêve. Une Hayat heureuse, une vie heureuse, malgré le passé.

Table des matières

CHAPITRE PREMIER

Leila *Un roi pour une reine* 7
Salma *Trente ans !* 12
Hayat *Un homme minable* 20
Rana *La couleur de l'amour* 26

CHAPITRE II

Leila *Une parfaite femme à marier* 31
Ali *Un chemin obligé* 43
Hayat *Le retour du cauchemar* 48

CHAPITRE III

Salma *La pitié des autres* 55
Rana *L'amour après la bataille* 57
Ali *La religion sur mesure* 63
Hayat *Abusée par mon père* 73

CHAPITRE IV

Leila *'Arous* 77
Rana *Une femme nouvelle* 81
Salma *Un monde insipide* 86
Hayat *Le fantôme de mon père* 91

CHAPITRE V

Ali *Jouer avec le feu* 101
Rana *Qui est sans péché...* 113
Hayat *Drôles d'histoires* 123

CHAPITRE VI

Salma *Les deux mariages* 129
Leila *Deux noces* 138
Ali *Première nuit* 146

CHAPITRE VII

Rana *Une Arabe en Suède* 151
Leila *Oum Hassan* 157
Hayat *Je n'ai jamais su entrer dans le moule* 164
Ali *Ma vie secrète* 168

CHAPITRE VIII

Leila *Écran maudit* 175
Rana *L'amour d'un père* 182
Ali *Une nouvelle famille* 186
Hayat *Une vie heureuse, malgré le passé* 188

ACHEVÉ D'IMPRIMER
EN AVRIL 2026 PAR LA
NOUVELLE IMPRIMERIE
LABALLERY À CLAMECY
(NIÈVRE)
N° : 603734
Dépôt légal : 1er trimestre 2021